UN VIEUX CŒUR

Au début d'un vingt-et-unième siècle incertain, Paris est une ville dévastée par on ne sait quel mal. Au cœur de cette sombre et désespérante cité naviguent des hommes en armes et quelques tristes hères. Parmi ces derniers, un géant, Constantin, dit Costa, ancien pédiatre qui traîne sa tristesse sur les quais. Cet homme de forte stature est brisé, il a perdu sa femme et ses enfants dans un incendie. Plus rien ou presque ne l'anime, sinon le désir de nager dans les piscines, seul endroit où il parvient encore à trouver un éphémère repos. Et puis, un matin, à l'hôtel de ville tenu par des miliciens, il rencontre un certain Garrigue qui lui confie une mission : aller dans le sud de la France inspecter d'étranges marchés où l'on vend des enfants.

Arrivé sur les lieux, Costa fait l'acquisition d'un gamin qu'il baptise Cyclope, un gosse mal en point, borgne et muet, à demi terrorisé mais violent comme un animal sauvage. Ensemble, ils partent en voiture sillonner les routes du sud-ouest et des Pyrénées – couple d'écorchés que le destin hasardeux a réuni pour une étonnante odyssée. Entre rêve et cauchemar, l'un et l'autre y trouveront, peut-être, une rédemption, un nouveau sens à la vie.

Bertrand Visage est l'auteur de sept romans, et a reçu, en 1984, le prix Femina pour Tous les soleils.

Bertrand Visage

UN VIEUX
CŒUR

ROMAN

Éditions du Seuil

TEXTE INTÉGRAL

ISBN 2-02-054287-0
(ISBN 2-02-040910-0, 1re publication)

© Éditions du Seuil, mars 2001

www.seuil.com

Pour Laurence Corona

1

Comme chaque matin, le bataillon de coiffeurs qui tondaient en plein air les tignasses émergea de sous le Pont Neuf. Les coiffeurs sortaient de l'ombre un à un, poussant ou traînant le matériel de la journée, les vieux fauteuils, les appuis-tête, les bassines, les miroirs. On devinait qu'il allait faire chaud, l'été venait de déplier ses voiles d'un seul coup, au milieu de la nuit, et la Seine s'était mise à transpirer toutes sortes d'odeurs neuves. Elle sentait maintenant le poisson mort, l'égout et l'eau de lessive, le lait caillé, le bois pourri. Tout ce mélange violent arrivait aux narines des Parisiens et les réjouissait, parce que c'était l'annonce du beau temps. Ils aimaient que la Seine transpire, ils aimaient aussi le moment où les graines de peupliers voltigent, légères et cotonneuses, au-dessus du cloaque.

Donc, il était huit heures à peine et l'armée des coiffeurs s'installait. Autour d'eux, beaucoup de monde déjà, mais uniquement des hommes, des hommes de tous les âges, certains ayant les cheveux jusqu'aux épaules, collés par la saleté, avec au besoin un béret, une casquette d'où s'échappaient des épis très longs, presque toujours luisants et gras. Soudain, on entendit une voix s'écrier :

– Hé, Costa ! Descends ! Mais descends donc !

L'invitation provenait d'un colosse dont on n'apercevait pour l'instant que le sommet du crâne, le début d'une calvitie entourée de poils jaunes et roux. En général, le rouquin faisait fonction de placier pour les coiffeurs, c'est-à-dire qu'il réglait l'offre et la demande, aiguillait la clientèle, maniait la trique quand c'était nécessaire.

– Costa, oh bon dieu ! Tu m'entends ?

En haut du pont, il y avait une longue silhouette épaisse, un peu voûtée, appuyée au parapet. Or, ce fantôme obscur qu'on apercevait à contre-jour ne remuait pas d'un cheveu en dépit des invectives du rouquin. A croire qu'il s'agissait d'une statue, aussi ancienne, aussi délabrée que l'était le pont lui-même en ce premier quart du vingt et unième siècle.

Vieux et cher Pont Neuf. Insulté par les gaz carboniques, par le manque de soins et par une colonie de lichens galopants et bubonneux qui l'envahissent, le piétinent, le dévorent comme les fourmis rouges. Cher vieux pont. En tout cas, si c'était bien un homme qu'on apercevait dessus, il n'avait pas l'air gai du tout. Sa lourde encolure paraissait supporter un fardeau infini ; quelque chose de désespéré émanait de son silence. Non, l'homme n'était pas joyeux et le Pont Neuf non plus. Sous ses pieds, les sept arches du « grand bras » (carbonisées, gazées, insultées par le temps) étaient ornées d'une rangée de mascarons, des figures de théâtre grimaçantes qu'on distinguait d'ici, creusées dans la pierre. Les mascarons avaient dû être blancs comme farine, aux commencements, mais la fumée et la vieillesse les avaient changés en têtes de nègre. A dire vrai, le pont tout entier, le bon vieux pont qui surplombait le marché aux coiffeurs, était à l'image de ces masques : cancéreux jusqu'aux oreilles.

Alors, un frisson parcourut les gens d'en bas, et ceux qui venaient juste de lever les yeux n'étaient pas les moins compatissants ni étonnés. La silhouette sur le pont avait bougé, venait de faire un pas, puis un deuxième…

— Putain, le pauvre gars !

— Il faut se taire, répondit une autre voix.

— Et pourquoi donc ?

— Je te dis qu'il faut se taire.

Arrivé à l'extrémité du pont, Costa pivota lentement pour se mettre dans l'axe de l'escalier. On croyait assister à la dernière démonstration d'un vieux robot de dessin animé, d'un Goldorak plein de puissance détruite et de douleur. Il descendit ainsi trois marches vers le fleuve, s'arrêta, replia brusquement son bras gauche et le gratta avec les ongles de la main droite, pendant au moins une minute, comme s'il avait eu la gale.

Mais, le rouquin, lassé d'attendre une réponse de ce personnage qu'il connaissait, dont il connaissait sans doute aussi les caractéristiques – y compris le drame qui le rendait si lent –, le rouquin donc avait fini par détourner son gros crâne à moitié chauve, se préoccupant plutôt de l'heure qui tournait et du travail qui pressait, ce matin-là. Il tenait à bout de bras un bâton. Il ne mettait aucun sentiment, ni bon ni mauvais, dans l'accomplissement de sa tâche pour laquelle il était rémunéré par le syndicat des coiffeurs. Et d'ailleurs, il ne frappait personne. Avec sa trique, il sonnait le réveil, c'est-à-dire qu'il l'enfonçait à la verticale dans les espèces de boudins de couvertures gisant au sol, ce qui provoquait chaque fois comme une décharge nerveuse, un soubresaut bizarre, mélange de peur et de douleur. Finalement, les enfants avaient l'air moins perturbés par le bâton. On ne remarquait pas tout de suite leur présence, puis on les distinguait, dans la mêlée de l'exode, leurs fesses nues et le petit sexe caché sous le ventre bombé : ils avaient dormi eux aussi à la belle étoile, sous un tas de vieilles jupes, de vieux sacs, mais le fait est que, le matin, ils reprenaient forme humaine plus facilement que les adultes. Sans doute leur vie avait-elle été toujours faite de ça : le bâton, le rouquin, la puanteur de la Seine et cette transhumance obligatoire.

Pendant ce temps, Costa descendait de son pas d'automate les marches du Pont Neuf.

Les dizaines de taches blanches que faisaient les tabliers des coiffeurs étaient en train de se poser au bord de l'eau. D'autres taches brunes au contraire s'en allaient. Un couple de vieux, l'homme et la femme, disparut péniblement sous l'ombre du pont ; la femme était derrière, l'homme avançait à côté d'un attelage de chiens-loups qui tiraient une carriole.

Ces deux-là furent les derniers à déguerpir. Pourtant, bien que débarrassée de ses occupants nocturnes, cette partie de la berge était encore loin de faire honneur à la réputation de la Ville Lumière. On y voyait des flaques de pisse, des zones où le pavé se déchaussait, rien de trop grave pour l'instant ; et puis aussi une colline assez étrange, refermant l'horizon, un monticule de quelque chose qui affolait les mouettes gourmandes. Elles tourbillonnaient sans fin, palpitant et criant au-dessus de cet obstacle naturel ; elles en emportaient des morceaux ; mais, en dépit des apparences, le monticule exhalait une odeur modérée, très inférieure à celle du fleuve lui-même. Quant à son origine, c'était le résultat probable d'une faillite : un amoncellement de peaux, tannées ou desséchées, des peaux de lapin retournées comme des gants, l'équivalent d'un semi-remorque.

Bien entendu, les abords du tas de peaux n'attiraient personne, et personne ne s'y prélassait. La trique du rouquin renonçait à aller creuser les ventres des dormeurs dans ce coin éloigné ; il semblait donc admis que le territoire des coiffeurs mesurait trois cents mètres de long, entre le Pont Neuf à gauche et le tas de peaux à l'autre bout.

En bas des marches, Costa faillit reculer et resta plusieurs instants le souffle court ; il promenait gauchement son attention sur la foule hirsute, sur les tabliers blancs, les mouettes dans le ciel et aussi les ragondins qui fendaient la Seine à la nage. Costa prenait son temps pour tout examiner, car chaque hésitation lui coûtait une fatigue dramatique.

Mais quand son regard eut fouillé tout ce que le monde objectif lui présentait, il vit encore une autre chose qui était sa damnation personnelle. L'image ne s'était jamais atténuée en vieillissant, depuis sept ans. Il vit le torse et le cou d'un garçon de quatorze ans, la peau éclatée sous la chaleur, avec d'effroyables fissures en dentelle, les bulles de lymphe vitrifiées par l'agonie.

En général, il ne pensait que dans un deuxième temps à ses deux autres fils et à sa femme, parce que le martyre d'Élio avait été plus long que celui de ses frères et de sa mère, il avait survécu près d'une heure à ses brûlures, avec des espèces de petits cris qui poussaient les bulles vers la surface. La mort d'Élio avait été plus lente, celle de Sam et Ange avait été instantanée, et celle de leur mère aurait dû être immédiate également, mais non, elle avait continué à respirer encore quelque temps, et peut-être essayait-elle de lever les yeux vers lui, derrière ses paupières carbonisées. Costa n'était pas là, Costa n'en savait rien. Il était arrivé trop tard pour elle aussi. Par contre, il avait écouté gémir leur fils aîné jusqu'au bout. Et maintenant, des millions de souvenirs plus tard, toutes les fois où il pensait à leur fin à tous les quatre, c'était Élio qui ouvrait le cortège, éternelle-ment.

Soudain, il vit l'énorme figure moite du rouquin se précipiter sur lui, à travers la cohue. Le placier était à la fois un sentimental et une brute ; il empoigna les longs cheveux poisseux de l'autre et tira dessus en l'embrassant, comme pour en secouer tout le dégoût qui s'était collé après. Costa paraissait effrayé de cette bonne humeur. On remarquait sur son avant-bras gauche une sorte d'inflammation très rouge, un pso-riasis sans doute, qu'il se mit à gratter férocement. Les témoins se rappelèrent qu'il s'était gratté de la même façon tout à l'heure sur le pont.

— Tu vas voir, fit le placier, je vais te mener chez un artiste. On peut dire que la dernière coupe remonte à loin, hein ?

— Six mois, un an… Je ne sais plus.

Et les deux hommes arpentèrent le bord de l'eau, où le bataillon se mettait tout juste au travail. Vus de plus près, leurs tabliers n'étaient souvent qu'un bout de drap enfilé dans la ceinture du pantalon, jauni et usé, avec chez les plus ingénieux une épingle à nourrice qui permettait d'en replier un coin pour constituer une poche, dans laquelle s'alignaient le peigne, le blaireau, le rasoir.

— Six mois, reprit Costa à brûle-pourpoint. Un coiffeur qui tenait une boutique du côté de la rue Caulaincourt…

— Oh, il n'y a plus de boutiques. Terminé.

Le rouquin s'arrêta, fit rouler ses gros yeux tout autour de lui.

— Remarque bien, ratiboiser les têtes en respirant la Seine, un jour d'été comme aujourd'hui, ça peut aller. Si seulement on ne manquait pas de femmes. Tu vois, il est impossible de les attirer dans ces parages, et ça c'est terrible, mais on ne peut rien y changer, c'est la nature. Elles préfèrent les garder longs, en définitive. Le gouvernement aurait pu y réfléchir avant de publier ce décret. Pour nous, les hommes, le passage sous les ciseaux est une affaire beaucoup moins compliquée, qui ne met pas en jeu la honte et la pudeur et la fierté. Mais elles… A propos, tu les veux comment ?

— Courts, très courts.

Il le fit asseoir face au courant, avec le Louvre en point de mire, l'île de la Cité, le square du Vert-Galant, sur un vieux fauteuil club dont les accoudoirs arrondis étaient aussi rêches qu'une peau d'éléphant. Le ciel étincelait merveilleusement derrière la grande enseigne squelettique de la Samaritaine, sur la droite. L'eau gris et jaune avait de violents tourbillons où venaient s'engloutir les déchets de la rive, les touffes flottantes de cheveux, les gros flocons de mousse à raser.

— Ne bougez pas, monsieur, en brosse, hein, n'est-ce pas ?

Une drôle de voix, trouva Costa, douce et sans couleurs. Avachi entre les bras du club, il voulut se dresser sur les ressorts détruits pour apercevoir la tête de son coiffeur, mais le bonhomme lui tournait le dos. Accroupi à deux mètres de là, il touillait des bouts de savon à la lavande dans une gamelle. Pendant la suite des opérations, le trouble de Costa ne fit qu'augmenter. On l'inondait. On lui jetait une serviette sur la figure. On le massait.

Il comprit tout d'un coup : un regard de biais vers le haut pour distinguer enfin cette face fripée, fermée comme un mur sans fenêtres. Les deux mains suaves continuaient de courir sur sa tête, l'une qui coupait et l'autre qui repérait en tâtonnant le terrain. Un aveugle…

– Il faut pas vous crisper, monsieur, je connais par cœur, vous pouvez me croire.

– Oui, oui, dit Costa en dépliant lassement ses jambes.

Au fil de l'eau, un paquet de ses propres cheveux dérivait. Il s'y intéressa un moment, car la trajectoire épousée par le petit scalp aquatique lui parut légèrement bizarre en y regardant bien : trop rectiligne, donnant l'impression qu'une vie et une volonté sous-jacentes la dirigeaient. A la longue, il aperçut en effet les narines du ragondin, et même ses pattes de devant qui serraient leur trésor – la tignasse de Costa – comme si c'était une poignée d'herbes destinée à fortifier un barrage.

2

La coupe était parfaite. Et maintenant, du fond des yeux morts de l'aveugle, un invisible flot de bienveillance et de douceur accompagnait Costa, comme un sillage, l'enveloppait, cherchait sans doute à le prévenir, mais Costa n'en savait rien. L'aveugle s'appelait Johann Maubert ; c'était toujours le meilleur des coiffeurs, et quand il vous taillait la tête il avait l'air de soigner un buisson de rosiers. En taillant celle de Costa, Johann Maubert avait eu loisir de tirer un certain nombre de conclusions. Oui, il sentait et devinait quantité d'ondes malfaisantes sous ses doigts, il sentait et devinait que ce crâne n'était pas venu se faire ratiboiser dans l'espoir superficiel de rétablir un lien de confiance avec lui-même, de pouvoir se contempler en paix, s'admirer, car au contraire cet homme était prêt à se tuer, sa toilette ressemblait fort aux préparatifs d'un suicide.

L'aveugle aurait donné cher pour pouvoir suivre des yeux Costa, là où il allait. Ou, plus exactement, ce qu'il aurait voulu c'était l'entourer comme une ombre, arrêter ce pas lourd et brumeux qui marchait vers la catastrophe.

Costa continuait sa route. Il retraversa le Pont Neuf pour gagner la rive droite, longeant un moment le quai de la Mégisserie, prit ensuite sur la gauche la rue des Lavandières-Sainte-Opportune, puis de nouveau à droite l'avenue Victoria, et la cadence de son pas s'allongeait peu à peu, sa démarche animale et ses épaules voûtées donnant à la fin une impression de gaieté presque féroce quand il déboucha place de l'Hôtel-de-Ville, quartier général des milices.

On était le 22 juin, mais de quelle année déjà ?

Devant l'entrée principale du bâtiment se tenait un planton, presque un gamin, l'air pincé, la flamme tricolore agrafée sur sa chemise beige à manches bouffantes.

— Papiers ! ordonna le blanc-bec.

— Voilà, dit Costa, tirant de la poche arrière de son pantalon un laissez-passer.

Mais au lieu de le tendre tout de suite, il fit mine d'abord de le relire.

— Tenez, je pense que ça suffit.

Le planton s'empara du document, le tourna dans le sens horizontal, le remit droit, et peu à peu la gêne se peignit sur ses traits. Il demanda, comme une confirmation superflue : « C'est M. Garrigue que vous voulez voir ? », mais sur un ton soudain délivré de tout artifice, ne sachant plus quelle suite donner à ses gestes.

Par chance, presque aussitôt le laissez-passer de Costa tomba dans les mains d'un deuxième milicien plus âgé, qui avait peut-être aperçu les signaux de détresse du gamin. Derrière ce premier sauveteur, il en arriva encore un autre. Celui-là ne portait pas la chemise beige à manches bouffantes ; il était en civil, costume et cravate. Il attrapa au vol le papier et le déchiffra par-dessus la tête des deux soldats, en promenant des doigts distraits sur ses cheveux soignés. (Un geste qui, entre parenthèses, réveilla dans l'esprit de Costa la sensation de sa propre nuque dégarnie par les ciseaux.)

– Eh bien, dit le civil, où est le problème ? Quand on a devant soi un ami, qu'est-ce qu'on fait ?

Silencieuse satisfaction de Costa, dont le regard brillait comme celui du fauve qui s'aventure loin de ses bases.

Le civil prit les devants, ils s'engagèrent dans les profondeurs du grand hall, zigzaguant entre les sacs de ciment et les ornières. Partout, les travées de parquet ancien s'étaient décollées, hérissées ; les débris balayés en tas laissaient le sol à vif. Au détour d'un couloir apparut une stèle astiquée comme une émeraude. *Hommage aux patriotes dont la vie fut sacrifiée…*, etc. Mais Costa ne cessait de penser que la lumière du jour s'éloignait derrière eux. L'Hôtel de Ville était une ruche, immense et compliquée. Et toujours la poussière, la poussière.

Finalement, le civil s'arrêta devant une porte. Il frappa à deux reprises, avec confiance, sifflotant tout bas après chaque tentative.

– Bon, c'est quelqu'un de très sollicité. Son bureau est là. Vous permettez que je vous pose une question?

– Allez-y.

Sournoisement, le psoriasis attisé par un vent mystérieux s'était réveillé dans le coude de Costa. Il parvint à ne pas se gratter.

– Dites, vous avez déjà prononcé le serment ou vous allez le faire?

– Je vais le prononcer dans quelques jours, mentit Costa qui ignorait de quoi il était question. Si j'ai besoin d'un témoin, je vous appellerai. Enfin, n'y comptez pas trop.

Les derniers mots étaient ouvertement sarcastiques et il aperçut dans les yeux de l'autre une lueur de dépit. Le civil se sentait insulté dans sa foi. Non, il n'était pas heureux à l'Hôtel de Ville, il n'aimait pas travailler ici. Trop de chefs, trop de laissez-passer. Trop de visiteurs qu'il fallait promener en grand convoi dans les couloirs et qui cachaient à peine leur véritable nature. Pistonnés ou espions. C'est pourquoi il avait cru bon d'interroger Costa sur son serment, à titre personnel, mais Costa s'était moqué de lui.

Soudain, la porte du bureau de Garrigue s'ouvrit, et le civil fut bien content de pouvoir tourner les talons.

– Il vous reçoit dans cinq minutes, dit-il froidement après s'être entretenu avec la secrétaire.

Costa resta debout, un peu ennuyé d'attendre. Il avait quitté les berges de la Seine à huit heures et demie, mais ici, trente minutes plus tard, les employés n'avaient pas encore pris leur service. Un groupe de femmes le frôla, se dirigeant vers la machine à café. L'une disait : « Tu sais combien ça coûte, un ourlet ? » Et une autre, un peu plus loin : « Elle a des bleus partout, je suis sûre que c'est lui. » Les conversations s'étouffaient spontanément en passant devant Costa.

Tout à coup, le couloir fut traversé par une espèce de ruissellement silencieux, blanc et noir, une lourde tornade bondissant par-dessus les crevasses du parquet. C'était le dalmatien de Garrigue, venu en éclaireur. Le molosse fit une série de bonds verticaux, sa langue écarlate venant envelopper le menton de Costa, puis, juste après, on entendit rouler la voix du propriétaire.

Garrigue venait de surgir, les bras tendus.

– Comment va ta mère ?

Ils se connaissaient depuis quarante ans : même quartier, même école communale.

Ce ton, il l'avait déjà étant gamin.

– Elle va bien, marmonna Costa.

Et lui aussi, hélas, ce ton il l'avait. Mais c'était la faute à Garrigue ; si Garrigue voulait bien arrêter de faire le malin, Costa arrêterait de faire le pauvre type. Et d'abord, qu'est-ce qu'il en savait, de sa mère ? C'était le dernier de ses soucis. Vivre avec Violette, qu'est-ce qu'il en savait ?

Garrigue embrassa Costa sur la joue, de sa grosse bouche sanguine qui sentait fortement l'oignon et le tabac. Il sortit son mouchoir, toussa dedans, prit Costa par l'épaule et le serra contre lui.

– Attention, touche pas à mon clebs aujourd'hui, j'crois bien qu'il a une amourette…

Ils entrèrent dans son bureau bras dessus bras dessous. Le dalmatien, au lieu de retourner sur le tapis, fourra sa truffe dans l'entrejambe de Costa.

Garrigue prit le fauteuil d'en face.

– Alors, tu as bien réfléchi ? Si c'est oui, je suis sacrément content de m'occuper de toi.

Avec une gravité inaccoutumée, il tendit lourdement la main vers un encrier fantaisie, s'en empara et le lança d'un tir horizontal contre le postérieur du chien, qui ne changea pas pour autant d'occupation.

– Je dois quand même te prévenir d'une chose, pour commencer. Tu vas t'apercevoir que nos recrues sont des gamins, entre quinze et vingt ans. Il est très rare de dénicher un vieux, qui plus est un vieux comme toi. Un brillant empoté, beaucoup trop fin pour les tâches lamentables qui t'attendent… Tu ne me demandes pas de quoi il s'agit ?

– Voilà, je te le demande.

– J'ai pensé d'abord qu'on aurait pu te mettre sur les barrières de péage… Le rôle de ces barrières, c'est de fixer les populations là où elles sont, quartier par quartier… Éviter les mélanges… L'idée paraissait belle, mais y'a pas de quoi en être fier, au vu du résultat. Je peux te montrer sur l'ordinateur les bénéfices ridicules que font toutes ces barrières… à la Madeleine, au pont de Sully… des queues de cerise, oui ! Et pourquoi ? Parce que les gens se déplacent moins peut-être ? Ah ah ah, erreur complète ! Les péages sont en faillite tout simplement parce que les gars qu'on met dessus baissent leur pantalon ! Au propre comme au figuré ! Je vais te dire comment ça se passe, Constantin. Quand une voiture s'arrête, premièrement : ils lui sifflent son essence ; deux : le cas échéant, un des mômes se déculotte sur la banquette arrière ; et trois : si le type en redemande, ils lui vendent aussi leurs cartouches. Mais les cartouches, elles appartiennent à l'État, pas comme leurs fesses…

Garrigue s'arrêta soudain. Il s'était échauffé graduellement, frappant la table et rougissant d'indignation avec la facilité d'un vrai professionnel.

— Je suis prêt, fit Costa sans dissimuler une certaine gêne.

Une gêne qui n'avait d'ailleurs rien à voir avec les paroles de l'autre. Elle concernait uniquement le chien. En même temps, il croisait ses jambes le plus étroitement possible. Inutile parade : la gueule rose et noir emmanchée sur un cou musculeux – et qui bâillait de frénésie amoureuse – n'eut aucune peine à plonger le nez quelque part entre les plis de son nombril et le premier bouton de sa braguette. Costa n'avait jamais aimé les chiens. Ou plutôt, c'était pire que ça : il éprouvait pour cette espèce un sombre dégoût, puéril et viscéral. Les chiens étaient obscènes tout simplement, aussi obscènes que les macaques. Et beaucoup plus nombreux, hélas, à Paris. Les chiens avaient une carotte orange et pointue dont l'apparition suscitait chez Costa un réel malaise. Une carotte orange et pointue avec une touffe de poils au bout. Ce légume tenait pour lui du cauchemar. Non seulement il était presque toujours visible, mais le chien ne demandait qu'à vous faire participer à sa saleté, sous un prétexte d'affection honnête ; avec son manque de retenue caractéristique, avec sa langue toujours sortie, le chien commençait par tourner autour de vous d'un air bonhomme et à la fin il vous invitait dans sa vie sexuelle.

C'est alors que Garrigue fit sa deuxième proposition. Il prit un cigare dans une boîte sans l'allumer ; ses poumons gargouillaient et sifflaient en sourdine.

— J'ai trouvé hier le boulot qui devrait t'aller comme un gant. Ton côté silencieux, tourmenté... Un peu mou... Te vexe pas, hein. Tu dois pas avoir des tonnes d'amis ? Enfin, c'est une question complexe, revenons à nos moutons.

Sa figure avait revêtu un air sérieux. Il soupira.

— A propos de moutons, tu connais les Pyrénées ? Non ? Aucune importance puisque tu les découvriras. Même que ça va te sembler court. Le pays s'appelle Bagnères-de-Bigorre. Une place à l'ancienne avec de mignonnes odeurs de torrent et de cresson. Là, il y a un marché, tu devras juste en faire le tour, t'assurer que le commerce se déroule tranquillement. Et ensuite, tu reviens à Paris, c'est pas plus compliqué... Tu vas me demander : qu'est-ce qu'on y vend de spécial, sur ce marché ? Des mômes... Eh bien, oui, des mômes... Bon dieu, ce que j'aime avec toi, c'est que tu piges tout de suite sans faire de bruit...

— Je suis prêt, murmura Costa pour la seconde fois.

— Attention, on les vaccine, on les lave, on leur apprend les manières. Pour ça, ça ne plaisante pas...

des gosses qu'on a tirés un à un de la voyoucratie… Et puis merde, j'oublie pas que tu as perdu les tiens !

Costa eut un sursaut à la fois vif et vague, un dérapage de la main, il voulut se gratter, mais il y renonça.

– J'oublie pas cet affreux accident. On ne va pas épiloguer, hein ? N'empêche… Moi, si ma femme et mes gosses avaient fondu dans la maison… Non, bordel, c'est pas ça. Tu me fais perdre mes idées… Écoute : je suis vraiment, vraiment content que tu prennes ce nouveau chemin-là, que tu passes l'éponge. Tu as compris que le cocktail Molotov dans les rideaux, c'est pas quelqu'un de chez nous qui l'a lancé. Je vois que tu le crois, maintenant. Je te l'ai toujours dit. On est d'accord, mes gars ont reçu l'ordre de brûler des tas de maisons, je suis même d'avis qu'on a trop tergiversé, mais la tienne c'est pas nous, et ça me fait plaisir que tu l'aies entendu à la fin.

Après avoir poussé encore un soupir, un dernier, Garrigue prit son téléphone et appela le chef magasinier. Ils se levèrent d'un même mouvement ; le chien, surpris, claqua des mâchoires. En sortant, ils trébuchèrent à tour de rôle sur un trou du parquet.

– Allons prendre tes mesures.

– Mes mesures ? demanda Costa comme s'il sortait d'une douloureuse torpeur.

L'ascenseur était en réparation, on entendait des

coups de marteau dans la cabine. Ils descendirent au sous-sol par l'escalier. Quelques minutes après, Costa remontait les mêmes marches en traînant un sac beige à bandoulière qui renfermait tout son équipement. Dans une poche de tissu se trouvait le revolver, un neuf millimètres. Dans une autre, le billet de train pour Bagnères-de-Bigorre, où il était prévu qu'il resterait quarante-huit heures.

Ces changements, il les accueillait sans parler, l'air abattu comme d'habitude.

Garrigue lui fit comprendre que le revolver était une exception flatteuse en rapport avec son âge. Normalement, les stagiaires ne disposaient que d'une matraque.

Maintenant qu'il était vêtu, Garrigue manifestait soudain une drôle de lassitude, comme une tendresse inquiète.

– On reste raisonnable, hein. Va pas te faire péter la figure pour une histoire à laquelle personne ne croit. Je voudrais pas d'ennuis avec Violette.

3

A quatre-vingt-deux ans, la première chose qu'on remarquait sur le visage de Violette Papadiamantis était un grand front bombé, couleur d'ambre et de haute mer. Un très beau front, à peine tacheté par l'âge, les cheveux tirés en arrière et réunis dans un chignon un peu bas. Il paraît que Violette avait fait du théâtre, ce qui restait parfaitement plausible à cinquante années de distance. Les cruautés du temps qui n'avaient pas terni sa peau n'étaient pas davantage parvenues à ramener sa silhouette à des dimensions ordinaires. Car cette femme splendide avait les mêmes épaules que son fils, que Constantin. Le même majestueux tangage au bord des abîmes délétères. La même force aussi – sauf que la sienne, celle de Violette, n'avait pas sombré dans la tentation du suicide. Toute la capacité de vie qui s'était calcinée chez Constantin résistait farouchement dans sa mère. En particulier,

elle exerçait encore son métier. Costa avait été pédiatre
– il ne l'était plus –, il avait vendu le cabinet qu'il
tenait à côté de celui de Maria, rue André-del-Sarte.
Mais Violette travaillait toujours, presque autant
qu'autrefois. Elle était sage-femme.

Sage-femme pour les uns, hors-la-loi pour les
autres. Il paraît que chaque fois qu'elle tirait vers la
lumière un marmot sanguinolent, le corps médical,
s'il avait été témoin de sa méthode, en aurait frémi.
Mais ce n'était pas pour faire un pied de nez aux méde-
cins que Mme Papadiamantis s'était mise à voir les
choses différemment. C'est qu'elle intervenait dans des
coins épouvantables de Paris ; aucun gynécologue
n'aurait été de taille à lui disputer son territoire, qui
se situait autour des stations de métro Château-Rouge,
Stalingrad, Crimée, Télégraphe. Dans des taudis, elle
récitait son seul credo. Un principe plein de bon sens,
inventé sur des ruines : tout pour la mère. Si la mère
voulait accoucher assise ou accroupie, elle accouchait
assise ou accroupie. Et soudain Mme Papadiamantis,
avec son tailleur en lin, avec son front bombé, avec
son chignon grand genre, devenait l'image de la force
défendant la faiblesse. Toutes celles qui arrivaient au
neuvième mois dans une condition catastrophique,
ou simplement fragile. Fragile. Elles débarquaient
par camions d'Europe de l'Est... Devant ces filles
en morceaux qu'on lui mettait sur les bras, Mme Papa-

diamantis avait compris cela, que le minimum de réparation était de traiter l'accouchée comme une reine.

Par ailleurs, tout le monde peut se tromper. Violette
pensait le plus grand bien de Louison Garrigue,
un lointain camarade d'école de Costa. Ce Louison
Garrigue lui plaisait. Dans le souvenir sur lequel elle
s'était arrêtée une fois pour toutes, c'était un gosse au
grand cœur, actif et drôle, doué d'une débrouillardise
infinie. Autant de qualités toutes fraîches qui s'étaient
comme fixées dans le formol depuis l'enfance. Peut-
être que Violette n'accepta jamais de voir Constantin
réduit à cet état de loque somnambulique après la
perte de ses trois fils et de Maria. Ce qui est sûr, c'est
qu'à deux ou trois reprises elle lui avait dit au téléphone : « Tu devrais te faire aider par Garrigue, il
t'aime tellement. »

Les défauts de Costa étaient eux aussi fixés dans le
formol depuis l'enfance : distrait, hypersensible, empê-
tré. Une idée de sa mère, se faire aider par Garrigue.
Ce grand gosse généreux.

Et maintenant…

Les plus petites s'échappent par le nez. Au passage, tu peux les sentir qui, dans leur fuite légère et nombreuse, entraînées vers le haut, te chatouillent les joues, le canal lacrymal, la bosse des sourcils. Ce n'est pas qu'elles appuient bien fort sur le coin de l'œil, mais elles en feraient facilement jaillir une goutte salée, sans doute à cause de cette irritante douceur, de cette montée par milliers...

Les plus grosses s'envolent par la bouche, c'est une tout autre impression. Des grappes d'une demi-douzaine au maximum, qui viennent au monde avec une sorte de lenteur et de parcimonie majestueuse, dans un bruit rond et tiède. Emportées par leur masse, leur volume, elles s'écartent rapidement de ta figure, en ligne droite, sans faire jaillir une larme comme les petites.

Enfin, il en reste toujours une, la dernière et la plus grosse. Celle-là, elle mange le vide qui règne autour de ton estomac, on dirait un œuf, c'est ainsi qu'elle se développe et, pour finir, elle passe de toi à l'extérieur sans produire le moindre bruit. C'est la plus émouvante, elle efface les frontières matérielles et mentales, elle pourrait t'aider à mourir, c'est-à-dire à mourir sans combat, d'une mort qui ne serait qu'un abandon volontaire aux éléments.

Non.

Il retrouva l'oxygène, ouvrit des yeux brûlants et

médusés, regarda les carreaux de faïence, les plongeoirs, ne comprenant pas ce qui avait pu se passer.

La passion des piscines avait grandi comme un arbre solitaire dans sa vie, comme une pousse de verdure sur son cœur calciné. D'autre part, les piscines parisiennes sont de drôles d'endroits. Ce sont peut-être les lieux qui ressemblent le plus à des églises. Sept ans auparavant, lorsque Costa prit brutalement conscience qu'Élio, Sam et Ange ne reviendraient plus, que Maria non plus ne reviendrait plus, que les corps de ses fils et celui de sa femme ne pourraient plus être ni touchés ni embrassés, la seule chose pour laquelle il avait éprouvé encore du désir était la nage. Et surtout, dans celle-ci, le fait de mettre la tête sous l'eau.

Il se rendit dans un bassin souterrain, rue des Vinaigriers, un long mur de pierre meulière avec une porte coulissante, des marches qui descendent. Après les vestiaires, il commença par une série de plongeons, il entrait et sortait de l'eau de manière continue, sans souffler, une douzaine de fois. Ensuite, il tenta de rester collé au fond et en éprouva un plaisir inouï. C'est à cette occasion qu'il entendit les voix de ses fils. Un simple bourdonnement d'abord, leurs petits timbres flûtés, de plus en plus précis, le bourdonnement qui devenait un chant…

Costa rouvrit les yeux. Maintenant, tout paraissait si faux et sur le point de disparaître. Il voulut renouveler l'expérience, mais il estima qu'il ne devait pas le faire avec un organisme en déroute, un esprit chaviré, des larmes dans la gorge. Il s'obligea donc à nager très lentement jusqu'à complète récupération.

De toutes petites bulles fuyaient par ses narines, lui chatouillaient avec douceur le canal lacrymal. Enfin, il pensa qu'il était prêt et se laissa couler au fond derechef. Les bulles continuaient à s'évader, les petites et les grosses, mais de plus en plus rares.

Cette fois-ci, il n'alla pas plus loin. Il sentit soudain sa tête encerclée par quelque chose de dur, cette couronne d'épines éblouissantes qui précède la syncope. Les garçons n'avaient pas chanté, Élio et Sam et Ange étaient restés silencieux, il s'en aperçut sur le tard. Mais son bonheur n'en était pas moins déchirant, et il nagea encore un peu, les membres lourds.

Il nagea dans un sens et dans l'autre, saisi de nostalgie pour ce qu'il avait failli faire, pour ce monde entr'aperçu.

4

Toulouse au point du jour. Un convoi de voitures-couchettes freinait dans un bruyant crachement sur le quai numéro six de la gare. La locomotive épuisée manifestait le soulagement de ses organes, après une course nocturne à travers la France. Si elle avait pu transpirer une véritable sueur humaine, ou bien se mouiller d'écume blanche comme les étalons à l'hippodrome, elle l'aurait fait mais, n'étant qu'un outil, elle se contenta de cet impressionnant dégazage final dans l'air toulousain du matin qui sentait le pain grillé et le chocolat.

Le train-couchettes était maintenant arrêté. Il commença à dégorger sa population par toutes les portes, une foule fripée qui ondulait comme une longue chenille, tandis qu'en face s'avançait la tribu jacassante des vendeurs ambulants. Les vendeurs ambulants étaient interdits de cité. Vendeurs de parfums, de sodas, de croissants décongelés, de frites froides, de sirupeux beignets à l'orange. Vendeurs de dentifrice, de petits bâtons coupe-faim, de cigarettes à l'unité ou de roses rouges.

A Paris, le soir précédent, Costa avait fait sa niche sur la couchette supérieure, et il avait déjà éteint sa loupiote quand deux femmes étaient venues prendre possession des lits en dessous de lui. Vers une heure du matin, il fut tiré du sommeil par les terribles sanglots d'un bébé dans le compartiment. Il se dressa sur un coude, regarda vers le bas. Les veilleuses avaient été allumées, de sorte qu'il aperçut une combinaison en nylon blanc, une épaule un peu molle. Les deux femmes étaient assises, légèrement courbées l'une vers l'autre, occupées à unir leurs recettes inefficaces au-dessus du petit océan de souffrance. La main de l'une cherchait des pilules au fond d'un sac, des pilules qui ne seraient jamais les bonnes. C'est du moins ce qu'il pensa, et tout à coup ses tympans débordèrent, la vieille musique des larmes d'enfant, les habitudes anciennes.

– Donnez-le-moi.

Il avait enfilé son pantalon et descendu l'échelle. Un quintal qui tombait d'en haut : les deux femmes sursautèrent, le bébé se tut une seconde.

S'étant assis sur le plancher, Costa plaça la créature dans le prolongement de ses cuisses, la contempla, vit la grimace qui annonçait une nouvelle poussée de désespoir. Effectivement, la peau devenait bleue, les cils se remplissaient à ras bord. Il ne devait pas laisser le cri s'installer, il avança son doigt épais vers la toute petite bouche : à gauche, à droite, en haut et en bas, il massait soigneusement les gencives.

Cela dura peut-être trois minutes. Les femmes le regardaient. La locomotive galopait en soufflant dans la nuit.

Quand il retira son doigt, le petit était assoupi, bouche bée. Costa regagna sa tanière par l'échelle avec la promptitude d'un chat qu'on dérange. Mais le lendemain, au terminus, il devina que cette histoire de massage de gencives avait beaucoup turlupiné ses voisines. Elles proposèrent de prendre un café au bout du quai ; difficile de refuser. Il apprit ainsi quelques petites choses : elles avaient monté un atelier de couture à Blagnac, elles vivaient ensemble. Les deux sacs en toile de Nîmes ne renfermaient que des bobines et du fil.

— Mais vous, vous devez bien être père ?

— Oui, enfin non, je l'ai été.

— Ah, ils sont grands, c'est ça. Avec ma sœur, on se disait que vous avez drôlement gardé le coup de main.

— Merci.

Tout à coup, Costa repoussa sa tasse aux trois quarts pleine – un épouvantable goût de chicorée amère et de moisi. Il se leva, grommela quelques mots en montrant le tableau d'affichage et tourna les talons.

Quai numéro treize, Tarbes et Bagnères-de-Bigorre.

Comment s'appelait donc ce gros jouet, composé d'une seule voiture ? Soudain, ça lui revient, il a trouvé : une micheline. Un prénom féminin, un vieux prénom du vingtième siècle : Micheline, Marilyne, Caroline…

Un quart d'heure après, Costa devait apercevoir le dos des premières montagnes à l'horizon. Tout le voyage s'était passé jusque-là comme au fond d'un tunnel, mais le premier choc de la vision extérieure lui annonça la grande nouvelle : il n'était plus à Paris. La lumière jaillissait de partout en même temps, acide et vigoureuse elle vous pressait la tête entre ses muscles de phosphore, ses muscles de lumière, au point que Costa fut obligé de se caler solidement sur les ressorts pourris de la banquette. Où avait-il vu pour la dernière fois un pommier ? Un torrent ? Un tas de paille ? Mais, surtout, à quand remontait cette dernière fois ?

Tous les cinq kilomètres environ, une gare surgissait, de la taille d'une boîte d'allumettes. Ils venaient de passer à Saint-Gaudens. Ce qui était fatigant, c'était de ramener les yeux vers l'avant, de les rapprocher jusqu'à soi après les avoir laissés flotter sur la buée mauve des crêtes, et inversement, quand ce qui se déployait au ras de la vitre perdait son intérêt, quand les petites choses avaient glissé en arrière, alors le mal au cœur recommençait à danser sur le tambour de l'horizon, la lumière trop brillante, et les yeux en étaient comme intimidés, meurtris et brûlés.

Sans la moindre transition, Costa pensa à Maria. Il la voyait accrocher un bouquet d'hortensias séchés au plafond de la cuisine. Elle avait mis une jupe du même bleu ardoise et flétri que l'hortensia, et elle était montée sur l'escabeau en fer qu'on range dans la cave. A ses pieds se trouvait Élio, qui lui tendait des nœuds de raphia.

Mais tout aussi capricieusement, cette scène s'estompa, remplacée par la voix mâle de Garrigue : « Tu vas me demander : qu'est-ce qu'on y vend de spécial, sur ce marché ? Des mômes… Eh bien, oui, des mômes… Bon dieu, ce que j'aime avec toi, c'est que tu piges tout de suite sans faire de bruit… »

A la porte de sa conscience, l'indignation frappa trois coups furtifs, tellement discrets, que lui, Costa, les entendit à peine. Un bout de colère oubliée tourbillonnait comme un chiffon sur l'eau. Il répéta tout bas : *Qu'est-ce qu'on y vend… des mômes…*, mais au même moment, par la vitre opposée, côté gauche, un spectacle attira son attention : c'était un jeune poulain qui faisait des embardées le long d'une clôture.

Moitié songe et moitié réel, le regard de Costa descendit dans la prairie éblouissante, quitta son corps, ses courbatures et ses malheurs. Moitié illusion et moitié lâcheté, il glissa par la portière du train et courut vers le puits de lumière verte où le petit cheval faisait ses cabrioles. A partir de là, ça ne devait pas être bien compliqué de lui mettre une longe, puis de le tirer vers ce hangar qu'on entrevoyait sur la gauche, à l'orée des sapins, c'est peut-être une écurie, mais si ce n'est pas une écurie on pourra toujours s'arranger pour que ça en devienne une, il faudra faire quelques travaux bien sûr, d'abord aller scier du bois, prendre ce drôle de sentier gris-bleu qui serpente sous la forêt, on aperçoit même une pie, rapporter le bois coupé par le même chemin, rien de plus facile, pénétrer dans le hangar, ou dans l'écurie, par la porte de derrière qu'on ne voit pas mais qui existe sûrement, là on devrait trouver ce qu'il faut comme outils, tout au moins un marteau et des clous, fabriquer une stalle, un râtelier, il ne restera plus qu'à mettre le fourrage, enfin, quel repos, toujours pour le petit poulain.

Le charme se rompit subitement.

Bagnères-de-Bigorre, terminus. Une demi-douzaine de vieux s'affolait par anticipation. Sur le quai, un policier en civil contrôlait comme partout la sortie, mais Costa n'eut pas l'honneur de le croiser : le personnage disposait pourtant d'une photo de lui dans le creux de sa main et ce ne fut que partie remise. Costa était descendu alors que la micheline roulait encore, il avait sauté par-dessus un portillon latéral fermant un potager où poussaient des tomates. Il écrasa la sève d'une feuille de tomate entre ses doigts, renifla son odeur, se rappelant qu'il n'avait rien mangé, hormis un croissant rance en gare de Toulouse. Il avait faim et un après-midi à tuer. Sac sur l'épaule, il se dirigea alors vers les bas quartiers de la cité thermale ; des fontaines invisibles glougloutaient sous les porches, une odeur mêlée de chèvrefeuille et de caniveau. Enfin, derrière une porte en arrondi, il trouva ce qu'il cherchait : une auberge vétuste qui sentait le pain et l'omelette.

Costa posa ses coudes sur la nappe en papier gaufré, commanda deux œufs au plat, avant de fouiller machinalement la pénombre, attendant d'être servi. Sur sa droite, un couple avalait à la cuillère une sorte de glu qui retombait en grosses gouttes dans le fond de l'assiette – probablement du tapioca –, le mari partageait sa soupe avec un teckel noir perché sur ses genoux, à la langue frétillante. Délivrez-nous des chiens. Plus loin, un ouvrier en bleu de chauffe faisait des opérations au stylo sur la nappe.

Plus loin encore, dans l'angle le plus obscur, un crâne nu luisait. Ce crâne appartenait à une femme, Costa nota le teint chaud d'abricot que prenait son épiderme sous l'unique ampoule du plafond. Elle avait les tempes bleutées, les sourcils noirs, la tête entièrement tondue comme le voulait depuis quelques années la loi des prostituées.

Sur l'insistance de la patronne, qui semblait y tenir beaucoup, après les œufs il accepta de visiter une chambre qu'elle gardait à sa disposition. Elle l'entraîna avec cérémonie derrière la salle de restaurant, dans une petite cour encombrée de géraniums et de basilic. La chambre était une sorte de cabanon en rez-de-chaussée qui manquait de clarté, mais son goût simple et sa fraîcheur plurent à Costa.

En revenant dans la salle, il remarqua que la prostituée était partie. Alors, il se gratta lentement le coude et, sans s'émouvoir, déclara à la patronne qu'il allait faire un tour.

Ce ne fut pas très difficile, dans la rue, de retrouver cinquante mètres plus loin le crâne sans cheveux. Elle avait les jambes du même teint abricot, une jupe ultra-courte à ceinture brillante. Costa lui emboîta le pas, il ne souhaitait pas spécialement la rattraper. Mais il la rejoignit quand même. Elle sursauta. Une débutante, pensa Costa. On lui donnait encore vingt ans, sa bouche avait gardé une sorte de noblesse angélique, une animalité boudeuse, et ce fut cette bouche qui énuméra, avec réalisme, les services qu'elle pouvait lui rendre, ainsi que le tarif de chacun.

Après cela, ils se remirent en marche côte à côte, jusqu'à une porte vernie qui ouvrait sur un couloir obscur qui les avala tous les deux.

Mais un moment plus tard, la jeune femme tondue

sortait rouge de colère. Dans sa précipitation, dans sa violence, elle faillit se faire renverser par une voiture. Le visage ovale et puéril était maintenant crispé et enflammé, la bouche lâchait des bribes de monologue que rien ne semblait pouvoir arrêter.

– C'est la meilleure de la journée! Mais pour qui il me prend, pour qui il me prend?…

Martelant le trottoir, elle tourna deux fois à droite, avant de rencontrer avec un évident soulagement une autre prostituée. Sa fureur était intacte.

– Je suis tombée sur un maboul… Un pervers, un fêlé! Tu sais ce qu'il m'a demandé?…

L'autre, en riant, l'enveloppa avec son bras, afin de recouvrir ce secret professionnel que nous ne sommes pas censés connaître. Cela n'y changeait rien: malgré les cajoleries et le réconfort, la fille offensée ne donnait aucun signe d'apaisement.

– Il ne l'emportera pas au paradis…

Nous n'allons plus revoir Thelma pendant de longues semaines. Costa lui-même ne se souvient déjà plus de la chose extravagante qu'il a pu lui réclamer. Il est vrai que Thelma avait quelques raisons d'être choquée: elle exerçait la prostitution depuis seulement six mois. Elle venait de Bordeaux, où elle avait commencé et arrêté des études de médecine. Évidemment,

Costa allait se révéler incapable de reconnaître cette bouche laiteuse lorsqu'il la retrouverait un autre jour, la colère en moins, et cela avant la fin de l'été.

5

Dans la cour intérieure de l'auberge, un tas de farine s'étalait sur le sol en ciment, de belle farine intacte, l'équivalent de plusieurs quintaux. Des feuilles mortes étaient tombées dessus sans la salir, quelques mousses de gouttière, preuve que cela faisait un sacré bout de temps que cette matière blanche était abandonnée là.

— Vous vous demandez bien ce que c'est. Pas vrai ?

La logeuse se campa derrière lui. Costa était sur le point de se coucher.

— Farine de marbre, dit-elle.

En prononçant ces mots, un soupir la remua tout entière. Elle balança la tête vers la cuisine.

— Je vous offre une gentiane ?

— D'accord.

La cuisine était une étroite cellule éclairée au néon. Un placard suspendu, deux verres à liqueur que la femme attrapa au vol dans un jaillissement de ses gros bras nus à travers la robe fleurie, tout en parlant :

— La marbrerie, c'est ce qui faisait vivre les familles par ici, avec les thermes bien sûr. Il y avait un car qui ramassait nos hommes et qui les emmenait là-haut piocher et scier la pierre. J'y suis restée deux ans, jusqu'à la fermeture.

— Vous ?

— Oui, moi.

Elle souleva très haut la bouteille comme un Christ en gloire, la fit danser sous la lueur de ses yeux gris.

— Ils m'avaient mise à la dynamite… Ils me devaient bien ça.

D'un coup sec du poignet, les deux dés à coudre se remplirent jusqu'au bord, sans une faute.

Alors seulement Costa fit attention aux grands battoirs de ses mains, de vraies truelles, des pattes d'homme.

Là-haut, dans les saignées de la montagne, une révolte avait explosé entre les ouvriers qui arrachent la pierre veinée blanc et gris. A cette époque, le mari de Lucie était contremaître, et, pour des raisons mal éclaircies, la colère se porta sur lui, il fut jeté sur un grand tas de farine de marbre, foulé aux pieds, plongé et étouffé sous cette espèce d'édredon minéral silencieux et blanc. Les crimes collectifs ne portent pas de signature ; un groupe d'ouvriers rapporta le corps à

Lucie, dans un drap. Il paraissait talqué jusqu'à la pointe des cheveux. En reconnaissant ce cadavre poudré qui était son mari, Lucie laissa échapper un tel cri, un si grand hurlement que son écho dut retentir par-dessus les glaciers jusqu'à l'Espagne.

La plainte épouvantable de la veuve les mettait tous en cause, ceux qui avaient tué le contremaître, ceux qui ne l'avaient pas défendu, personne ne pouvait s'en laver les mains. Et Lucie continuait à hurler à la mort ; alors, deux lettres furent glissées sous sa porte.

– Les patrons m'ont écrit… Une lettre de condoléances et, une semaine plus tard, une lettre d'embauche.

– C'était pour vous faire taire, dit Costa.

– Exactement. Pour m'amadouer. Vous comprenez tout, vous.

– Qui ne comprendrait pas ? Allez, je vous souhaite une bonne nuit.

Lucie resta déçue, les mains croisées sur la bouteille. Elle le regarda partir, traverser la cour ; elle le regarda se baisser pour entrer dans la chambre. Il repoussa la porte derrière lui, pas entièrement, s'étendit tout habillé sans allumer. Cinq minutes après, elle l'entendit ronfler.

Le soleil n'était pas levé quand un coq s'étrangla de la façon la plus désagréable. Perché sur le tas de farine dans la cour, le clairon à deux pattes vrillait son cri dans les tympans de Costa, séparé de lui par l'épaisseur des briques creuses.

C'était un coq mal réglé, un peu mutant, qui voyait des aurores où il n'y en avait pas. Costa se brossa les dents dans le noir. Vingt minutes après, le coq remit une deuxième tournée, la nuit était moins dense. Quant à Costa, il était habillé et déjà sorti, il avait laissé de l'argent sur l'oreiller avec un mot pour sa logeuse. Dans la rue, il cracha par terre en se raclant la gorge, afin de briser ce silence qui le gênait. La naissance du jour faisait danser les silhouettes des buissons. Plus loin, une vitre-miroir lui renvoya son reflet, ses cheveux collés par le sommeil. Il les arrangea avec les doigts. C'est pendant cette opération qu'il aperçut, sur le trottoir opposé, une espèce de grillon à figure humaine, en pull-over moulant, visiblement occupé à le dévorer des yeux, devant la façade d'un bistrot.

L'instant d'après, Costa posait ses coudes sur le Formica jaune, en prenant bien soin de ne pas s'intéresser au minus, de ne pas remarquer qu'il buvait lui aussi un café crème et le reluquait avec insistance. Une clavicule affaissée le faisait se tenir de travers, il était vraiment haut comme trois pommes. Costa buvait son café. La moindre nourriture le ramenait au monde perdu. Il quitta le bistrot avec cette chaleur au ventre, puis il se retourna et vit à nouveau l'insecte en pull-over qui courait derrière lui, mais cette fois-ci franchement.

— Psstt... Je vous ai cherché partout, hier à la gare. Où étiez-vous ?

— Pardon, on se connaît ?

— Vous non, c'est normal. Permettez... Abraham Peres, contrôleur sanitaire. Un très gros travail, ah oui... Pas comme le vôtre. Vous n'aurez rien à faire, soit dit en passant.

— Je peux savoir ce que vous contrôlez ? fit Costa.

— Mais... les enfants, voyons. Poids, taille, vaccin, entre autres choses. Ce n'est pas tout : pour fixer une mise à prix, il faut savoir dépasser ces données purement physiques, il faut trouver le détail qui plaît... Remarquez, aujourd'hui nous avons de la chance. Je les ai examinés à la descente du camion. Très calmes, aucune diarrhée.

Abraham Peres tenait sous son bras une mallette. Il s'interrompit un instant et souleva le genou droit de façon à poser dessus la mallette à l'horizontale.

— Si vous voulez bien, nous allons les compter.

En équilibre sur une jambe, le contrôleur sanitaire tentait de faire céder les clapets dorés. Une véritable acrobatie.

— Ouf, voilà la liste des enfants. Tenez-moi cette chemise, s'il vous plaît... Deux, quatre, six. Celui-ci, non ; j'ai demandé qu'on le retire, vingt kilos à treize ans, c'est un rossignol… Ce qui nous fait sept… huit… neuf… Ah lui, par contre, je suis curieux de voir à quel prix il partira… onze… douze au maximum. Nous serons débarrassés avant midi.

— Tant mieux, dit Costa qui ne réagissait pas outre mesure.

— Vous connaissez la région ?

— Vaguement.

— Une race fière, difficile à domestiquer. Maintenant, monsieur Papadiamantis, nous ne devons plus nous parler, chacun pour soi. La place des Coustous est au bout de cette rue, filez tout droit jusque derrière les arbres et vous verrez les camions disposés en carré. Rendez-moi ma chemise. Merci.

Sur une brève révérence, le corps de lombric du contrôleur sanitaire s'esquiva dans le matin pâle.

Un lombric suractif et déjà à moitié cuit par l'excitation, c'était exactement ça. Le soleil encore mouillé faisait tomber sur lui comme des gouttes de citron, tandis qu'il se tortillait vers sa tâche.

Il est toujours particulièrement satisfaisant de voir un être tenir toutes ses promesses d'un seul coup, et tel était Abraham Peres, asticot acidifié et ébouillanté, plein de fringale et de dévouement, juste avant l'ouverture du marché aux enfants, le marché aux enfants de Bagnères-de-Bigorre, Hautes-Pyrénées.

Porté par ces réflexions, Costa ne s'aperçut pas qu'il

était arrivé place des Coustous. A sa décharge, il faut avouer qu'elle n'avait de place que le nom et ressemblait plutôt à une promenade, encadrée par deux longues rangées de tilleuls dont les branches se rejoignaient en voûte. Le bouquet matinal de tous ces tilleuls était délicieux, entêtant. Hélas, sur l'autre rive de la place, le parfum des tilleuls capitulait assez vite, battu en brèche par une odeur de caoutchouc brûlé, de bielles et de goudron.

Les véhicules étaient disposés en carré, exactement comme le nain l'avait prédit. Les pare-chocs se touchaient, les cabines des camions étaient aveuglées par des rideaux. Enfin, un cordon de malabars en veste de cuir bouchait les derniers trous qui pouvaient exister, rendant la visibilité à peu près nulle de l'extérieur, mais on avait beau ne rien voir, une oreille attentive devinait que l'agitation était exceptionnelle dans le carré.

Costa venait de s'introduire. Curieusement, cela n'avait posé aucun problème ; il lui avait suffi de coller l'estomac contre un carburateur, de se comprimer le plus possible en se glissant. Ensuite, il ne bougea plus, se contentant de calquer son attitude sur les autres hommes : jambes écartées, le dos contre un camion. Personne ne se souciait de lui.

Avant le début de ce que l'on pourrait appeler la démonstration, il disposa d'un certain temps pour étudier l'entourage et récolter des renseignements.

D'abord, il remarqua sur sa gauche un personnage tenant un bloc-notes, très nerveux, avec un physique mal fini et qui parlait beaucoup.

— Son problème, c'est qu'elle ne peut pas en avoir…

Le mal-fini secouant son bloc-notes s'adressait à une femme que Costa ne pouvait distinguer, et celle-ci répondit gaiement, sur un ton de commère :

— J'en ai cinq, moi… Imaginez un peu! Il y a des jours, je ne sais pas ce qui me retient de les apporter ici… Bon débarras!

— A qui le dites-vous? On vit beaucoup mieux sans. Mais elle… d'être stérile, cela la rend…

Costa promena un regard circulaire, cherchant quel pouvait être l'objet de la conversation. En face de lui, sur le bord opposé, s'étalait toute une brochette de figures caverneuses et de triples mentons, quelque chose comme une société de viticulteurs ou de défenseurs de la chasse à la palombe. Au milieu de ces grosses lunes rustiques émergeaient deux ou trois hommes plus élégants, mieux mis, et, en continuant à tourner dans le même sens, Costa repéra une femme de type espagnol, très belle, c'est-à-dire alourdie avec grâce par son âge, une quarantaine d'années, avec un profond décolleté. Il lui sembla aussitôt que la discussion sur le manque d'enfants la concernait, faisait allusion à son cas (ce dont il eut la confirmation plus tard). La maturité de sa chair s'accordait on ne peut mieux au style gitan qu'elle se donnait par amusement, ses cheveux relevés en couronne par un foulard rouge qui lui cernait le front.

D'un coup, la femme au profond décolleté cessa de bouger les mains, de sourire et de parler. À côté et autour, toute la guirlande des chasseurs se pétrifia à la même seconde. Le voisin de Costa, le bavard au bloc-notes, s'était tu également.

Soudain, un gosse s'avança en se trémoussant, vêtu d'une chemisette et d'un short kaki. Jusque-là, Costa n'avait même pas eu conscience d'entendre la musique. Il ne remarqua le fond sonore – des marches militaires – qu'en découvrant le short du petit garçon, c'est-à-dire ses maladroits mouvements qui se voulaient une danse, exécutés par des genoux couverts de croûtes purulentes, des mollets d'oiseau.

L'enfant était au centre du carré, et de tous les côtés on l'épiait. Au bout de quelques déhanchements, il s'arrêta, ou plutôt on eut l'impression qu'il tombait en panne. Sous la peau de son front luisait une petite veine prête à éclater. Il avait un crâne très peu garni, comme si son épiderme ne renfermait pas assez de matières fertilisantes pour permettre à sa chevelure de pousser. Indécis, affolé, l'enfant tourna la tête en arrière. Là, du côté des camions, quelqu'un réussissait sans doute à lui inspirer une frayeur plus grande encore, plus forte que la crainte de paraître en public.

Il se remit à danser, difficilement. En fait de danse, il grattait la poussière avec le bord extérieur de ses chaussures, écartait les coudes, inclinait le buste, ouvrait et fermait les genoux, tout en tordant sans raison le coin de sa bouche.

Cela jusqu'au moment où une liasse de billets monta au-dessus des têtes. Bien malgré lui, Costa reçut ce geste comme une délivrance. De l'endroit où il était, il n'apercevait que le chapeau de l'enchérisseur et son bras tendu. Le petit garçon, lui, n'avait encore rien remarqué, et quand il tourna ses regards dans la bonne direction, quand il s'aperçut enfin que son sort était scellé, la souffrance jusqu'ici à moitié masquée rompit les digues de ses nerfs. Après tout, c'était un minuscule enfant maigre de huit ans. Ou sept. Il avait l'air de chercher quelque chose au ras du sol, ses yeux lançaient des flammes désespérées. Visiblement, sa hantise était que le nouveau patron l'oblige à se séparer de son fétiche. Encore fallait-il le retrouver. Tout le monde s'y mettait. Brusquement, jailli des pieds des spectateurs, un chiot frisé et noir courut vers le centre du carré.

Jamais aucun gamin n'avait serré une bête sur sa poitrine avec cette sorte d'amour ardent. Et cela devait être une scène particulièrement divertissante, les éclats de rire fusaient.

En définitive, le petit garçon put emmener son chiot. Cette certitude obtenue – la seule qui l'intéressait –, il traversa tout le carré en serrant les fesses pour se camper face à l'homme au chapeau, bien droit, avec son animal dans les bras, un peu comme les gladiateurs devant César.

– Merci, monsieur.

La voix du gosse s'étranglait. On l'emporta.

C'est le moment d'évoquer un personnage capital, une âme simple et franche, dénuée de méchanceté, mais qui avait été pétrie, contre son gré, dans une histoire assez grandiose. Jean Audhuy était la cheville ouvrière, le déménageur de la marchandise enfantine. Surtout, Jean Audhuy était horriblement attachant, beau à faire peur. Dix-huit ans de marine l'avaient rendu tel qu'on le voyait là, avec sa figure criblée. Embarqué clandestin sur un bananier pourri, aux premiers âges de la jeunesse, pour fuir un père qui le cognait, il chargeait des bois précieux du Brésil quand il avait été mordu au visage par une araignée. On devrait dire « piqué », mais il disait « mordu ». A l'escale de Dakar, le commandant était allé lui-même quérir un médecin pour sa tronche boursouflée ; ils tombèrent sur un sorcier qui lui arracha la peau de la figure, depuis les pommettes jusqu'au menton.

Jean Audhuy faisait donc les marchés, c'est-à-dire les trois de la région : Albi, Montauban et Bagnères. Chaque fois qu'une enchère était lancée sur un enfant, il capturait la petite proie avec autant de sûreté qu'il l'aurait fait d'un papillon, la soulevait de terre, l'approchait du client pour un rapide palpage. En cas de doute sérieux, il pouvait lui baisser la culotte, avant et arrière.

De toute façon, les négociants appréciaient sans réserve l'ancien matelot, les résultats qu'il obtenait, l'espèce de tétanie docile où il plongeait tous les enfants, ne serait-ce que par sa figure d'écorché, couleur de tomate cuite.

Le gosse numéro deux venait de se présenter. Celui-ci n'occupera que quelques lignes : c'était un crétin. Il déboula dans l'arène comme un veau, persuadé que ce qui lui arrivait était son heure de triomphe. Il semblait dire : regardez mes belles oreilles, mes sabots qui lancent des flammes, qu'est-ce que vous en pensez ?

On en pensait qu'il ferait à coup sûr l'esclave idéal. Conclusion : un propriétaire terrien à grosse bedaine emporta rapidement l'imbécile. Avant de disparaître, ce dernier adressa à la ronde des saluts de la main, des bye bye et des V de victoire.

Moi, je suis pris et pas vous. Pas vous. Pas vous. Ses compagnons ouvraient de grands yeux.

Ce fut alors le tour d'un autre spécimen déconcertant. L'enfant qui venait d'arriver était un petit métis à la peau pain d'épices, parsemée d'étranges taches claires. Il n'était pas très beau, comme le croisement de deux races qui avaient lutté sans s'aimer, de deux sangs qui ne se seraient pas mélangés.

Jean Audhuy le prit dans ses bras, l'offrit et le montra sous toutes les coutures, en l'approchant des gens. Mais le petit métis n'attirait personne, sa vente fut longue à se dessiner.

Jean Audhuy ne comprenait pas ce dégoût. A ses yeux indifférents, tous les enfants se valaient, il n'existait ni brebis galeuse ni fruit avarié. Pour contourner les répulsions du client, l'arrangement habituel consistait à lui proposer un « paquet » qui offrait une option sur le gosse suivant. C'est ainsi que l'obstacle fut levé encore une fois. Après bien des insistances, le petit moricaud avait trouvé preneur : un garagiste de Tarbes. Tout se serait conclu dans le meilleur des mondes si, par hasard, à cette minute précise, l'enfant n'avait tourné la tête vers le public... La belle pseudo-Gitane le regardait. Un flot de lumière douce descendait en cascade jusqu'à lui, pour le réchauffer.

Bien sûr, dans une ville aussi peu originale que Bagnères, beaucoup de gens devaient être au courant des souffrances sans fin de cette femme superbe, de sa recherche éperdue de tous les palliatifs, de tous les remèdes, de tous les pis-aller qui calmeraient sa fringale. Et on devait se dire aussi que, malgré tout, elle n'achèterait jamais d'enfant. Mais elle les regardait avidement défiler et danser, elle essayait peut-être d'endormir son mal par la routine, la répétition, en se persuadant à priori qu'il n'y aurait pas un gosse qui la brûlerait plus que les autres.

Pourquoi le petit métis l'avait-il brûlée ? Parce qu'elle avait senti – son ventre avait senti – qu'il n'était le fils de personne, ou celui d'un viol, ce qui revient au même. Et parce que ce défaut d'amour dessinait comme une ombre sur le mur derrière l'enfant. L'ombre de cette négresse forcée par un homme blanc dans une cuisine ou une cave, enceinte contre son gré – l'inverse d'elle, qui n'était pas enceinte et aurait voulu l'être.

Voici donc ce qui se passa. Le garagiste de Tarbes était en discussion avec des officiels, des policiers ; personne ne s'avisa que l'enfant leur faussait compagnie. Il avait tourné la tête et aperçu la créature splendide qui le regardait. Déjà, cette marque d'intérêt était en soi extraordinaire, le foulard rouge resplendissant à son front.

Mais ce n'était pas tout. Soudain, elle tendit ses bras charnus vers lui, en même temps qu'elle avançait sa bouche comme pour l'aspirer, dans un baiser d'une infinie tendresse. Le gamin se mit en marche, ébloui, un premier pas suivi d'un autre et un autre. Aurait-il pu ne pas bouger ? Lui, l'enfant de personne, et elle, la femme stérile, ces bras tendus, ce baiser en apnée qui faisait bleuir un peu le coin de ses narines.

A quel moment comprit-il que ça n'allait plus? Ce nuage de boue dans le regard, le baiser infini qui découvrait les dents. D'autres détails encore, comme si le désir de maternité errait maintenant dans des franges de plus en plus spéciales. Pauvre femme! Les bras s'étaient mis à trembler. Certaines personnes en étaient témoins, d'autres n'avaient rien vu, tout cela ne dura que quelques secondes. Mais au bout de l'hameçon, le petit poisson brillant s'affola.

La Gitane n'y pouvait plus rien : il cessa d'avancer, reluqua de côté vers l'ombre rassurante que faisait le pantalon du garagiste, puis courut s'y réfugier.

Ce fulgurant épisode – c'est-à-dire plus exactement les traces qu'il laissa – eut pour conséquence d'éclipser le tour de piste des enfants suivants. Il y avait trop d'émotion de tous les côtés ; à peine si l'on s'intéressait au prochain lâcher d'oiseaux.

Un assez joli tandem, pourtant, des frères jumeaux qui se tenaient par la main, patinant dans la poussière. Ils furent enlevés en un temps record, en un seul lot.

Le soleil s'était mis à taper dur, au milieu des camions. Des œillades furtives se tournaient encore vers la Gitane, « la dingue », qui s'était retirée très loin en elle-même, absente à tout. Un des viticulteurs en profita pour se coller contre sa jupe, par-derrière. On imagine qu'elle ne le sentait pas.

La canicule monta d'un cran. Sur le côté le plus exposé, elle éblouissait les crânes et produisait comme un écœurement sournois. Vint ensuite un petit rouquin. Il eut la malchance de subir une panne de haut-parleur, mais n'en continua pas moins à danser, en remuant les lèvres comme pour perpétuer un rythme imaginaire, dans le silence absolu.

Nul n'aurait pu dire si l'on arrivait bientôt au bout de la liste. Il y avait seulement ce goût métallique de la nausée, avec l'impression d'être perdu dans les comptes.

Le septième ou bien le huitième… Au maximum, il en restait deux, ou un seul… Le prochain serait l'avant-dernier… Par un mystère de la psychologie des foules, une ébullition s'empara des quatre rives à la fois, une bordée de sifflets, en attendant l'entrée de ce fameux septième ou huitième… Il apparut avec une nonchalance butée, des cheveux dans les yeux.

Alors, par un autre mystère collectif, les sifflements au lieu de retomber s'élevèrent en tornade. Sifflets d'injure, de moquerie, d'étonnement ou d'admiration, sifflets qui se nourrissaient d'eux-mêmes, une fois échauffés.

Qu'avait-il donc de spécial, le huitième ? Rien, des pommettes hautes et de longs cils pleins de reproche, un air de fille peut-être, une expression sérieuse et douce. Dix ans, trente-deux kilos.

C'était aussi le premier gosse vêtu d'un pantalon.

Il dansa pendant deux minutes sans relever la tête, jusqu'à ce qu'on commence à voir frétiller un paquet de billets bleu et gris, tendus par une main sèche. Le gamin qui avait l'air d'une fille se laissa pousser par Jean Audhuy vers une sorte d'aristocrate à figure d'aigle. Avec une curiosité sévère, le vieux rapace examina son acquisition. Lui ayant soulevé rapidement le menton, il écarta d'un doigt le rideau ondulant de la tignasse, se pencha en arrière, quand il découvrit un défaut qui le plongea dans une fureur insoupçonnable.

– Jetez-moi ça tout de suite ! Rendez-moi l'argent !

Le regard enflammé, tremblant et postillonnant, l'immonde vieillard ne s'était pas contenté de réclamer à hauts cris l'annulation de l'affaire…

– Vous méritez d'être en prison, bandits !

… Il avait eu un geste, on ne sait pas trop lequel, un coup de manchette, une gifle. La seule chose qui fut claire pour tout le monde, c'est cette vision de l'enfant sonné, le demi-tour, ses épaules qui retombaient. Avec aussi, derrière tout cela, comme un inexpugnable petit fond de bravoure, une habitude à digérer ses larmes.

La millième déception, qui tombe toujours au même endroit comme la goutte d'eau, et qui creuse, qui creuse. Les montagnes d'espérance qu'il avait bâties autour de ces grands adultes qui n'étaient jamais à la hauteur et ne répondaient jamais présent. Voilà, il ne pleurait déjà plus. Il tenait bien à leur montrer, à tous, qu'il n'était pas une fontaine.

Il s'était écarté du vieillard et regardait la foule, en hoquetant, dans une sorte de défi universel. Cependant, cette menotte potelée qui s'essuyait la joue semblait toute petite. Beaucoup moins de dix ans.

Et il y eut autre chose : pendant qu'il s'essuyait, on aperçut à cet instant-là le vice caché qui lui avait valu sa condamnation. Le gamin n'avait qu'un œil. Le gauche pleurait, mais pas le droit, qui n'était qu'une paupière sans vie.

Le mille et unième refus, de quelqu'un qui voulait l'acquérir.

Brusquement, une voix s'élança :

– Je le prends.

Le fouet de ces trois mots avait survolé les rangs ; la moitié du carré se pencha pour voir. C'était un accent déchiré, rempli de jubilation obscure.

Alors, beaucoup plus bas et sur un ton bien différent, la phrase qui scellait un avenir fut répétée :

– Je l'emporte.

Abraham Peres, le contrôleur sanitaire, accourut de son pas de griffon : il avait reconnu l'acheteur et tendait les mains en avant comme pour retenir un mur qui s'éboule.

Inutile précipitation, Costa n'avait pas pris la peine de le regarder. Au passage, il se contenta de lui lancer une pluie de billets, en emmenant l'enfant.

6

Le gamin ne mouftait pas; il avait levé son œil unique bleu et vert sur la lente voltige des billets jusqu'au sol. Il était difficile de dire à quoi il pensait. Il semblait écrasé par la fulgurance et la violence de cette minute. Cependant, à sa gêne d'avoir pleuré, répondait chez Costa une perplexité tout aussi alarmante, et beaucoup plus inattendue; Costa venait à peine de lancer l'argent à la face du contrôleur sanitaire qu'il pensait déjà qu'il ne l'avait pas fait, ou alors qu'on l'avait mal compris. Il se mit à espérer avec terreur que le gamin lui serait refusé. L'image de son geste lui revenait en boomerang, avec des conséquences infinies. En un éclair, Costa eut la vision d'une sorte de punition éternelle qui commençait ici, par ce coup de poker. Il oubliait que cela faisait déjà longtemps que sa vie était une punition. Aussi, après avoir créé une première fois la surprise en lançant son offre d'achat, cet homme sauvage et tourmenté se figura qu'il avait encore le droit de se dédire. Il tourna le dos à l'enfant, à Abraham Peres, et s'éloigna brusquement à travers la place des Coustous, seul, après s'être glissé entre la ferraille des camions.

Le gamin ne bronchait toujours pas. On ne voyait que sa tête basse, ses cheveux longs, son unique paupière supérieure qui clignait par saccades, regardant le coin de poussière où avait atterri toute cette cuvée de paperasses, les billets pleins de zéros. En réalité, dans le fond de son être, il lançait des appels au secours. C'est alors que Jean Audhuy était intervenu et l'avait empoigné par la taille, l'avait fait décoller en quatrième vitesse, comme une balle dans les airs, par-dessus les pare-chocs à touche-touche.

Costa se trouvait déjà à cinquante mètres, au bout de la double rangée de tilleuls. Un instant, il s'arrêta pour se gratter le coude, son psoriasis s'étant remis à flamber. Tout occupé qu'il était à se dépecer de la sorte, il n'eut pas l'esprit de se retourner, mais sentit néanmoins que la punition éternelle s'engouffrait dans son sillage. Les tilleuls embaumaient délicieusement.

Ce jour-là, 24 juin, Costa prit en location pour trois semaines, dans une agence, une Nissan bleu outremer, règlement en espèces, kilométrage illimité. Il ne discuta pas le modèle et voulut bien n'importe quoi, en l'occurrence la 36 T Pactole, celle qui était tellement en vogue dix ans plus tôt, avec ses opercules thermiques escamotables et son nez de requin. Les ceintures de sécurité n'étaient plus obligatoires, la 36 T Pactole n'en possédait pas. On avait raconté tant de choses fantastiques sur elle, puis les gens s'étaient lassés. Un commis de l'agence la poussa manuellement hors du garage – l'enfant étant déjà assis à l'arrière. Les portières se débloquaient en faisant glisser l'épine horizontale dans l'aileron, Costa n'avait jamais aimé ce mécanisme. Comme il se sentait de méchante humeur, il reprocha au commis trois ou quatre éclats de peinture sans importance oubliés sur la feuille de contrôle.

Il tourna le démarreur et, tout en reconnaissant le fameux bruit lourd de la Pactole, leva un sourcil vers le rétro ; mais là, dans les tremblements de la voiture qui commençait à rouler, au lieu du reflet d'un enfant, il n'aperçut qu'un tas, une boule, un composé de poils longs, de peau grise et de reniflements. En même temps, il trouva que l'odeur était drôle.

D'instinct Costa avait piqué au sud, vers Sainte-Marie-de-Campan. Les raisons pour lesquelles il choisissait de s'enfoncer dans les Pyrénées ne sont pas claires, à moins d'estimer que les ennuis qu'il devait redouter avaient moins de chances de le rattraper dans ces vallées perdues. Sainte-Marie-de-Campan était à quarante-deux kilomètres. Il jeta un regard dans le rétro et vit que le gamin avait changé de position ; la boule hirsute se dépliait lentement, pareille à un de ces cactus ronds du désert qui accouchent un matin d'une seule fleur : une fleur blanche, pour être précis, le blanc de son œil au milieu des épines du visage.

– Écoute un peu, Cyclope, j'ai des questions à te poser.

L'œil se ferma dans le rétro.

– Pour commencer, essaie de me dire comment tu t'appelles. Ton prénom ? Rien, ça ne vient pas ? Est-ce que tu as des frères ou des sœurs quelque part ? Je continue. Il m'a semblé que tu portais une cordelette autour de la cheville, j'ai cru voir ça, peux-tu m'expliquer ? Non ? Quel était ton propriétaire avant moi ? Où habitais-tu, Cyclope ?

Les interrogations rauques et vagues de Costa se fondaient dans le bourdonnement de la Nissan. Un parapet bordait la route, éboulé en maints endroits. Costa parlait sans se presser, avec des pauses généreuses pour préserver l'espoir toujours possible d'une réponse, mais à la fin il changea d'argument.

– Tu sais où l'on va ? Eh bien, comme tu me vois, je cherche un ruisseau. Et j'espère le trouver assez vite parce que, sans vouloir te vexer, tu pues sacrément.

C'était la vérité : l'habitacle de la voiture empestait le vieux bouc et la crasse, le vomi et la pisse – les virages n'arrangeaient rien à l'affaire, toutes ces émanations tournaient et chaviraient, de plus en plus rances et malsaines.

À la sortie de Sainte-Marie-de-Campan, un délicieux torrent se présenta, juste ce qu'il fallait. En apercevant ce filet d'eau chatoyant, Costa, par une de ses sombres fantaisies, mit le moteur à fond, s'engagea dans un chemin impraticable, ne s'arrêtant que quand les roues avant furent immergées jusqu'au moyeu. Il fit le tour de la voiture et ouvrit la portière du gamin.

– Descends.

L'enfant passa comme une ombre devant lui et courut regarder l'eau. Pourtant, Costa était prêt à parier qu'il ne se baignerait pas.

Il fallait trouver un moyen pour qu'il consente à se déshabiller. Le mieux était peut-être de le laisser seul.

– Je m'en vais. Jusqu'à cinq heures et demie, il n'y aura que toi ici, fit Costa en enlevant le bracelet-montre de son poignet.

Le bracelet fut attaché en boucle à une branche de saule.

– Que toi. Tu sais lire l'heure ? Tu m'oublies et tu te mets à l'aise, d'accord ?

Et Costa partit faire un tour qu'il prévoyait volontairement long. Au-dessus de lui, les premiers lacets du col d'Aspin serpentaient, la route bleu-gris semée de galettes – les bouses de vache. Il se sentait en maraude et peu à peu, en effet, il adopta le comportement d'un voleur. Chaque fois qu'il repérait une maison ou une bergerie, il s'en approchait par l'arrière, évaluait les possibilités. Au bout du compte, il pénétra dans une sorte de remise à bois croulante et venteuse, dérangea deux chats qui faisaient l'amour sur les bûches, avant d'apercevoir de l'autre côté un petit jardin mal entretenu où du linge séchait. Costa fit main basse sur trois pantalons d'adolescent, un pull-over, des chaussettes, des slips, ainsi qu'une paire de draps et un grand plaid écossais. Les chats le regardaient. Puis il gratta rapidement une allumette, la souffla, et en se servant de la pointe charbonneuse, il écrivit sur un morceau de carton ramassé par terre, qu'il suspendit au fil à linge : *désolé*.

Il retourna à pas lents vers le torrent. Tout à coup, par une brèche lointaine des feuillages, il aperçut le garçon encore habillé, encore couvert de ses guenilles puantes, en train de tripoter quelque chose sur les galets blancs. Costa sentit la colère lui monter aux joues, mais il reprit sa marche tout doucement. Le gosse était accroupi et sa paupière unique battait. A petites touches, Costa s'avançait entre les peupliers. Soudain, le Cyclope se leva et se mit à rôder le long du courant.

Il déambulait comme un estropié, avec une souplesse hideuse, une élasticité saugrenue. Il bondissait de pierre en pierre, se déhanchant d'une façon qui, à elle seule, exprimait toute la fermeture de son être, le

sommeil de son esprit et de ses sensations, sa totale
indifférence aux autres vies que la sienne.

Mais que faisait-il ? Ce n'était pas évident à comprendre. La tête en avant, il baguenaudait, indécis, les
bras trop longs, transportant sans y faire attention au
bout de sa main une bête vivante. Une tortue. Le
gamin la tenait par la tête, puis il se baissa au milieu
des plantes jaunies, s'empara d'un caillou tranchant et
conçut le projet de diviser en deux la tortue, c'est-à-
dire d'infiltrer son outil sous la carapace. Or, même les
idées les plus creuses demandent du métier. Le gosse
n'en avait pas. Il s'y prenait comme un sagouin.

Au moment où Costa fou de rage lui tomba sur le
paletot, il avait changé de programme et mâchouillait
une patte. On peut raisonnablement penser qu'il n'avait
pas vu arriver ces quatre-vingt-dix kilos de vengeance
hurlante, cette protestation massive, cette tornade.

La tortue repartit dans la vase et probablement
alla-t-elle mourir de ses blessures. Une lutte effroyable
les emmêla tous deux pendant de longs instants,
effroyable parce que Costa avait perdu la raison. Bientôt l'enfant n'opposa plus qu'une pâle résistance, toutes
les loques qui recouvraient son corps primitif furent
arrachées, les restes de tricot, le slip grisâtre et infect,
toutes ces étoffes à moitié pourries se décomposaient
sous les doigts de Costa, mais ce n'était pas encore
suffisant, il le traîna sur les galets, le jeta dans l'eau

froide et lui frotta férocement la tête, en l'enfonçant. Personne n'aurait su dire s'il voulait le laver ou le noyer.

Costa et le gosse remontèrent dans la Pactole à six heures moins le quart, très essoufflés. Costa avait une grosse griffure sur la joue et lançait autour de lui des regards de haine.

Le Cyclope termina de s'égoutter dans la voiture. Nu sur sa banquette, il trônait dans des vapeurs de château gothique, car malheureusement le dégivrage est un des points faibles de la 36 T, ce défaut a souvent été signalé. Et ainsi, ils passèrent le col d'Aspin. Dans la descente vers Arreau, ils virent surgir une horde de petits chevaux sauvages, véritables farfadets des cimes.

Hélas, une minute après, la réalité la plus vulgaire venait effacer ces créatures féeriques. Le môme ayant trouvé un bout de peau de banane noircie collée sur le plancher, il s'apprêtait à lui faire prendre le chemin de son estomac.

– T'as faim, c'est ça ? Tu pouvais pas le dire, bougre de crétin ? Je dois tout deviner ?

Chez Costa, ces paroles ne contenaient qu'une sourde tristesse.

Ce soir-là fut l'occasion d'étrenner les premiers vêtements et sous-vêtements volés sur le fil de l'autre côté de la montagne. Ils entrèrent dans l'unique auberge d'Arreau au crépuscule. Une clientèle de gens grisonnants, quelques bérets, une odeur de fût. Costa commanda tout ce qui était disponible, à savoir de la soupe, des pâtes au fromage et du jambon ; il prit aussi le vin en carafe. Le gamin, qui jeûnait sans doute depuis fort longtemps, se jeta sur la soupe comme un cannibale, avec des bruits qui dérangèrent le fox-terrier de la maison, endormi sous un banc.

Les circonstances suivantes ne peuvent être imputées qu'à Costa. Aussi inouï que ça paraisse, non seulement Costa oublia de compter les carafes, mais il perdit également de vue qui les vidait. Derrière eux, le patron s'essuyait le front dans son tablier. Ils étaient à la moitié de la quatrième carafe. Soudain, Costa réalisa avec horreur que la scène du torrent recommençait, il y avait des pâtes au fromage sur toute la table, Costa repoussa sa chaise, attrapa l'enfant par une touffe de cheveux. L'œil unique était enflammé d'alcool. Des gens criaient de tous les côtés. Alors il crut pouvoir calmer le gosse en lui balançant une gifle, mais celui-ci se mit à cracher et lui mordit le bras, on ne le contrôlait plus.

Ce fut vraiment un sale quart d'heure pour tout le monde. Quitter l'auberge dans ces conditions, avec cette sorte de silence d'église qui prolongeait le vacarme et tombait d'un seul coup dans la pièce. Costa chargea le gamin sur son dos. Un ou deux hommes ôtèrent leur béret et firent le signe de croix. Ils n'avaient peut-être jamais vu d'enfant saoul, ils en restaient sans voix et comme terrorisés.

Dans les rues du village devenues sombres, Costa retrouva la voiture et y jeta son fardeau profondément endormi. Il roula au ralenti environ cinq kilomètres après Arreau, jusqu'à ce que le faisceau des phares, dans un tournant, illumine un vieux séchoir à tabac. Après quelques hésitations, il résolut de laisser le gosse sur la banquette, non sans l'avoir enveloppé du plaid, tandis que lui-même allait s'étendre dans le séchoir.

7

Le matin suivant, le déjeuner se composa d'œufs à la coque, de cuisses de grenouille et de pain grillé. Tout ce festin fut élaboré dans le séchoir, avec raffinement et diligence, alors que l'enfant dormait à poings fermés, noyé dans les vapeurs du vin. Les grenouilles, sept en tout, avaient été pêchées au point du jour au moyen d'une mouche et d'un fil de fer, puis assommées, découpées et passées sous la flamme.

Ils mangèrent lentement, vautrés sur des feuilles de tabac. Le gosse venait de se réveiller, la figure boursouflée, une expression perdue ; des bouchées de pain ramollies demeuraient en suspens sur sa lèvre inférieure. Le pain ne passait pas, mais le reste non plus ; il était amorphe, un peu bleu, la tête en avant.

Costa ramassa tout ce qui traînait et donna le signal du départ. Au moment où il tournait la clé de contact, plusieurs pensées prirent leur envol, dont une pour Violette et une autre pour Garrigue.

A onze heures, ils franchissaient le col de Peyresourde, le gamin s'étant rendormi. De magnifiques alpages se prélassaient sous le soleil et, une heure après, ils arrivaient à Bagnères-de-Luchon. Partout régnait cette incroyable lumière d'été alors que l'oxygène sous la langue était froid comme un glaçon.

En avançant au pas, en première, Costa venait de repérer un magasin d'alimentation plutôt bien fourni, qui lui donnait envie d'acheter n'importe quoi. Il coupa le moteur face au portique d'entrée, à un mètre d'un mendiant assis par terre tenant un nourrisson sur son bras. Dans le rétro, il avait vu que le gamin s'était réveillé, mais (par manque d'habitude, par maladresse) Costa n'eut pas l'idée de l'interroger sur ses goûts, de lui demander s'il y avait quelque chose de spécial qu'il aimait. D'ailleurs, les communications étaient rompues depuis le matin. Il descendit de la Pactole et verrouilla les quatre portes, selon la même précaution qu'il avait prise déjà pour aller pêcher les grenouilles, le gosse restant à l'intérieur.

Il entra dans le magasin, non sans avoir jeté une pièce dans le bonnet du mendiant et aperçu, au passage, la petite frimousse crasseuse du bébé endormi. Puis un autre détail encore : un moignon indécent, pareil à une pomme de terre rose qu'on viendrait juste de déterrer, car le mendiant était unijambiste.

Mais ensuite, en poussant son chariot, Costa ne pensa plus à eux. Il acheta du papier hygiénique, du savon, de l'eau minérale, devint soucieux quelques minutes par manque d'idées, puis retrouva accidentellement le sourire en tombant sur le rayon des boîtes. Alors, il prit sans hésiter la soupe, les sardines et un grand nombre de tomates pelées, celles qui ne l'avaient jamais déçu et qu'il mangeait à tous les repas à Paris.

En s'avançant pour payer, il entendit des cris qui venaient de la rue. La jeune caissière, une fille aux traits bouffis, eut un sursaut nerveux et interrogateur. Dehors, une scène innommable l'attendait. Libre comme l'air, comme un animal fou, avec du rire plein la gorge, le gamin bondissait et courait, traînant par le bras dans le caniveau une poupée couinante et véridique, un détritus flexible emmailloté dans un châle.

C'était le nourrisson du mendiant. Et il allait ainsi très vite, la tête du bébé battant sur le pavé, et le ciel pourtant bleu se fondait dans un long hurlement. Où était le mendiant? Il était là-bas, au bout du trottoir, grand héron estropié qui se précipitait tant bien que mal, faiblement, derrière le diable en liesse…

Maintenant, le bébé ne pleurait plus. Sous les plaques de saleté, les multiples saignements superficiels dessinaient des colliers de petites gouttes d'une étonnante propreté et d'un surprenant rouge clair. Mais il ne pleurait pas ; on aurait dit qu'il retenait son souffle, impressionné par cette bousculade solennelle autour de lui.

Les minuscules perles de sang refusaient de se mélanger à la teinte générale du bébé ; en certains endroits elles étaient restées serrées à l'intérieur de la peau, denses et brillantes comme du coulis de framboise. Il se contentait de rouler des yeux ébahis vers tous ces hommes penchés en cercle.

Et puis l'unijambiste arriva, les autres s'écartèrent, sauf celui qui était accouru le premier et avait mis un genou au sol pour ramasser le nourrisson. Ce témoin méritant, c'était Costa. Il voulut se redresser, mais le mendiant examinait bouche bée son tout-petit, cette sorte d'implosion qu'il avait subie, les yeux qui bougeaient, les dizaines de gouttelettes, et on voyait bien qu'il ne réussissait pas à en faire davantage. Alors Costa lui mit le bébé sur les bras. Il tira également de sa poche un tel paquet de billets que l'autre aurait eu de quoi s'acheter des béquilles en or, si ç'avait été son envie. Et après, il lui donna aussi les boîtes, celles de tomates et celles de soupe. Le mendiant tremblait d'émotion. Au contraire, Costa paraissait calme pour une fois ; en prenant congé, il serra toutes les mains avec une raideur assez touchante.

C'est ensuite que les vieux comptes se réveillèrent. Il avait marché dix minutes en plein soleil quand il aperçut de nouveau la Pactole garée devant le magasin. D'abord, il se demanda comment le gamin avait pu s'évader du véhicule, les quatre portes étant verrouillées. Mais, surtout, il se demanda où il était passé, et conclut bientôt qu'il ne souhaitait pas le savoir. C'était beaucoup mieux de s'en défaire comme ça. Il se dit : « Je vais rouler jusqu'à Paris, tout droit. Combien de temps faut-il ? Mettons huit heures, j'y serai sur le coup de minuit, j'appellerai Violette. Elle dormira. Pas sûr. Souvent, elle fait des accouchements passé minuit. Quand on refuse de les déclencher, ça vient quand ça vient. De toute façon, je l'appellerai. J'ai hâte d'être à Paris. Il doit m'en rester une dans le frigo, poulet-vermicelle, la meilleure soupe. Je la boirai d'une traite sans la faire réchauffer, toute froide comme une bière, c'est excellent. »

Il fit le tour de la voiture en haussant les épaules, remarqua que la serrure du coffre avait été forcée. Il s'installa, mit le contact et pensa au gosse qu'il ne reverrait plus. Si je le revoyais, ce serait pire qu'hier dans le torrent. Je ne crois pas que je me contrôlerais.

A cause du sens unique, il fut contraint de repasser devant le coin de trottoir où se tenait encore un groupe entourant l'unijambiste. Il leur adressa un salut de la main. Tout de suite après, sur la gauche, étaient indiquées les directions de Saint-Gaudens et de Paris.

Il venait de mettre son clignotant lorsqu'une chevelure sauvage traversa telle une comète le carrefour encombré de papiers sales. C'était lui. « Bon sang, pensa Costa, c'est lui ! »

L'enfant tournait la tête dans l'autre sens. Quand la voiture le dépassa, il fixait un point situé ailleurs, au bout de l'avenue. Puis la carrosserie bleue entra dans son œil unique. Sans la moindre réaction, il resta plusieurs secondes à la contempler. Aucun doute qu'il l'avait reconnue. Son corps primitif basculait très légèrement d'avant en arrière comme une tige d'herbe émue par la brise. La voiture avait pris du large quand, brusquement, il s'élança à sa poursuite, mais il le fit avec une énergie désespérée, son buste et ses longs bras basculèrent en avant, sa figure se tendait pour aspirer l'espace.

Dans le rétro, Costa le voyait courir à perdre haleine, et ce spectacle lui procurait un étrange malaise, un malaise néanmoins agréable et qui renfermait des tendances opposées. Il lui sembla que la petite silhouette tordue se rapprochait. Ce n'était pas qu'une impression : l'enfant gagnait du terrain.

L'extraordinaire violence de son effort devait l'avoir rendu quasi aveugle aux obstacles, car il ne les évitait pas toujours : un tabouret, une pile de cageots à fruits qui se renversa, un scooter à l'arrêt. Il s'était peut-être fait mal mais ne s'en apercevait pas.

Alors Costa appuya un peu sur le champignon, sans même comprendre ce qu'il cherchait à obtenir en agissant de la sorte. Car il n'appuya pas trop franchement non plus. Juste une légère pression.

Dans le rétro, il nota de façon évidente que les traits du gosse se durcissaient. Sa bouche toute grande ouverte n'exprimait rien, mais elle était bestialement affamée d'oxygène. D'ailleurs, par-dessus le bruit lourd de la voiture, il y avait comme un râle qui se rapprochait, un piétinement, un vacarme souterrain d'organisme en perdition.

C'était hideux, cela n'inspirait aucune tendresse, en tout cas pas à Costa. Mais le gamin n'avait que faire d'inspirer de la tendresse, il courait, il courait toujours, ses narines déjà larges par nature s'écartaient encore, il ne fléchissait pas, ne ralentissait pas, uniquement porté par la protestation qui est au commencement de toutes les vies : le refus qu'on l'abandonne. Il y eut un moment où sa respiration devint assourdissante. Sa cavalcade également. Et même si l'on ne peut pas croire que Costa, au volant, entendait le garçon respirer derrière l'auto, il croyait l'entendre réellement.

Il s'arrêta. Il se gratta le coude.

Il y eut un énorme silence, pendant lequel il attendait que s'ouvre une des portes arrière.

Dans le rétro, il trouva que le gosse mettait beaucoup de temps à le rejoindre – et puis, il avait beau se retourner, il ne l'apercevait plus. « Je ne suis quand même pas idiot au point de… » Mais alors, à sa grande confusion, il réalisa que le gamin était monté devant.

Là, près de lui, à la place du mort. Courbé en deux comme un sprinter exténué, il sentait extrêmement mauvais, le caoutchouc, la sueur, de sorte que Costa ne ressentit aucune pitié.

– Non, dit Costa. Descends.

Sa respiration ne s'était pas calmée. Ses longues tresses graisseuses pendaient jusqu'aux genoux, mélangées à de l'écume blanche, à de la salive, tandis que ses côtes se soulevaient et s'abaissaient à un rythme stupéfiant.

– C'est fini, réitéra Costa. Tu vas me faire le plaisir de t'en aller.

Le môme continuait à transpirer le martyre, mais Costa tournait la tête. Il regardait ailleurs et pensait qu'il avait envie d'une piscine.

8

La piscine. Dès les premières marches, l'odeur de crypte et de harem fut précisément celle qu'il espérait flairer. L'odeur de fonts baptismaux, de chlore et d'huile. Il s'enferma avec soulagement dans un vestiaire et se laissa tomber bien volontiers sur un petit banc en bois.

Il n'était pas pressé de se rendre jusqu'à l'eau, devinant déjà qu'il serait déçu. Est-ce qu'une bonne piscine peut exister à Bagnères-de-Luchon ? Bien sûr que non. Les bonnes piscines se trouvent à Paris uniquement. Elles sont souterraines et éclairées au néon. On y respire une sorte de gaz rare, très reposant. Est-ce qu'à Bagnères-de-Luchon, on aurait l'idée de se baigner sous la terre ? Non. On a le cœur encore simple, ici. Et Costa commença à retirer ses chaussettes, mais il les retira avec une lenteur d'hippopotame. Puis il enleva le reste à la même vitesse, mit ses affaires dans un casier, brouilla le code à quatre chiffres et enfin s'avança à l'air libre et se sentit aussi déçu qu'il s'attendait à l'être en débouchant devant un incroyable bassin ensoleillé, bleu comme le mensonge, autour duquel poussait de l'herbe.

En d'autres circonstances, il aurait peut-être fait demi-tour, mais pas aujourd'hui. Il était pressé. Au lieu de plonger comme à son habitude, Costa descendit pour une fois doucement par l'échelle, puis démarra en brasse coulée et n'en changea plus jusqu'à la fin. Le bonheur de la brasse coulée, c'est qu'on étire les membres en même temps qu'on embrasse l'eau avec toute la figure. Et en embrassant l'eau, il faut aussi expirer. Jamais on ne saura pourquoi cette allégresse est si profonde : gonfler ses poumons dans l'air mais les vider sous l'eau, traverser les mondes, accorder la vitesse des bras, être seulement le serviteur actif de ce circuit d'échange. Ainsi pensait Costa, tout en ne pensant à rien. Et cela jusqu'au moment où le relâchement physique devenait si complet qu'il débouchait sur une inversion des valeurs. C'était au tour de l'eau de lui paraître dure, de se coaguler ou de se vitrifier, il la fendait avec ses deux mains jointes, la repoussait comme un mur de briques, et c'était à son tour à lui de se dissoudre et s'effriter, de se gonfler ou s'abîmer, d'épouser en secret l'âme de l'eau.

Au départ, il effectua la traversée en dix-sept brasses. Il les comptait. Ou plutôt non, on devrait dire que le calcul se faisait de lui-même dans son cerveau passif et engourdi chaque fois qu'il relevait la tête après avoir poussé. Dix-sept brasses. Cependant, on sait bien que tout le problème de la nage concerne le fait de respirer. Si l'on respire un peu trop vite ou trop lentement, on a la sensation de cuire par l'intérieur. Ce n'est pas compliqué de trouver sa bonne cadence dans l'eau. Mais pour un homme aussi malheureux que lui, disloqué dans chacun des rouages de son être, une découverte aussi simple que celle-là faisait toujours figure d'événement. Dix-sept brasses étant trop rapide, il descendit à quatorze et n'en bougea plus. Les yeux fermés, il constata qu'à tous les coups il touchait le bord à la quatorzième : ou bien sept pour arriver au trait du milieu. Dans son esprit chaotique, cette extraordinaire régularité représentait le paradis.

Tout à coup, sans raison apparente, il se revit imposant ses mains sur l'abdomen d'un nouveau-né, dans le cabinet de pédiatrie qu'il tenait à côté de celui de Maria, sa femme, rue André-del-Sarte. Le souvenir l'étonna beaucoup. Il distinguait le linge blanc sur la table d'auscultation, une odeur lointaine de paprika grillé (la fenêtre était probablement ouverte) et, au milieu de cette lumière, il voyait avec une parfaite précision la peau tendue du petit ventre, à la fois anonyme et unique, et différenciée tout en étant pareille à des milliers d'autres.

En ce temps-là, ses mains étaient sa seule science. Avant de les poser, avant de les faire alunir sur ce terriblement fragile terrain d'étude, il avait dû les réchauffer sous un robinet. Car à la moindre agression de température, le ventre du bébé se durcit, il devient impossible aux doigts du chercheur qui se promènent en cercles concentriques à sa surface d'écouter, de reconnaître les organes souffrants. Le nouveau-né adresse au médecin une foule de messages confus, son corps est comme l'aiguille d'une boussole qui s'affole. Pendant que vous réchauffez vos mains, pendant que vous apprenez de cette façon la modestie et la relativité, vous ne pouvez jamais exclure que la mort rôde en silence autour du bébé, discrète, annoncée seulement par quelques signes qui pourraient aussi bien ne rien dire du tout, une fièvre à trente-huit ou une légère coloration.

C'est pourquoi Maria et lui pensaient souvent que le nouveau-né représente la difficulté suprême en médecine. En tout cas, ils aimaient le croire et cela les exaltait. Les mains, les indispensables mains qui vont décider de tout, le mieux qu'elles pourront faire, lorsqu'elles auront réussi l'alunissage autour du petit nombril, ce sera essentiellement de se faire oublier, en accompagnant les vagues de la respiration, jusqu'à ce que le moment paraisse mûr. Alors, avec le bout d'un doigt on peut se permettre d'appuyer, de plonger

– hop – à la recherche d'un renseignement, une photographie (même un peu floue) de ce qui se cache derrière le barrage de la paroi abdominale. L'adversaire éternel des mains (de la connaissance par les mains), c'est la musculature du ventre. Mais autant de fois que nécessaire, les mains retourneront amadouer l'obstacle, multipliant les coups d'archet en profondeur, les coups de nageoire, les interrogations, jusqu'à ce que la photographie fumeuse devienne une idée nette.

Costa s'était mis à sourire. Rarement l'occasion lui était donnée de faire un tour aussi long sur le versant ensoleillé de sa vie. Que s'était-il passé pour que tout cela cesse? Comment avait-il basculé? D'un bloc ou graduellement? Il retarda la réponse, continuant à embrasser l'eau avec sa figure, à nager ses quatorze mouvements… Et à tenir en respect l'autre Costa, le triste, le sauvage et le fou…

Oui, comment avait-il basculé? Le cabinet de consultation de Maria était situé sur le même palier que le sien, au-dessus d'une brasserie-restaurant tenue par un Turc (d'où l'odeur de paprika), à quelques pas du métro Barbès. Les deux salles d'attente communiquaient par une porte toujours ouverte.

Dans ce tableau, un détail aurait pu mettre la puce à l'oreille de ceux qui s'inquiétaient pour sa santé d'esprit. Costa avait beaucoup moins de patients – de patients volontaires – que n'en avait sa femme. Nous

disons « patients volontaires », car en définitive ils pio-
chaient à tour de rôle dans la double salle d'attente,
les bébés blancs ou noirs étaient filtrés jusqu'à ce qu'il
n'en reste plus. Mais si les mères avaient eu le choix
entre Maria et Constantin, très peu seraient allées vers
lui. Il n'avait pourtant jamais confondu une méningite
néonatale avec une simple roséole. Certes, il avait des
épaules de déménageur, mais sa voix devenait un filet,
un murmure quand il se courbait sur le tout-petit
gigotant.

Une fois, quelqu'un avait affirmé qu'il ne ressemblait pas à un pédiatre, mais à un acteur jouant le
rôle d'un pédiatre. On le disait glaçant, rancunier,
passionné, fier, nerveux, beau, têtu… Il faisait peur, il
rassurait. De toute façon, cette piste ne mène nulle
part, ces traits de caractère, on peut les aggraver tant
qu'on voudra, ils dessineront encore un membre à part
entière de l'espèce humaine : c'est-à-dire justement
ce que Costa n'était plus, un membre de l'espèce
humaine.

Il continua à nager, à brûler ses dernières calories.
Cela faisait exactement une heure trente-cinq qu'il
était dans l'eau. Enfin, il s'extirpa à la force des bras,
courut aux vestiaires et, la tête renversée, laissa couler
la douche brûlante. Tout en plissant les yeux, il formait
en lui la triste pensée de chaque jour, qu'Élio, Sam
et Ange ne reviendraient plus, que Maria également

ne reviendrait plus. Il pensait à cela en recevant le jet d'eau cinglant sur sa poitrine. Il pensait aussi qu'il ne lui restait rien. Mais précisément, ce n'était pas la vérité. Peut-être que le rien, le rien véritable, aurait été une meilleure solution, préférable aux images qu'on garde en soi. Car les images, une fois qu'elles sont engrangées là, près du cœur, on y retourne sans arrêt pour les manger, les dévorer de baisers.

Costa, c'était une image qui l'avait rendu fou. Elle était enroulée sur elle-même, tapie au fond de lui comme une fumée magique, comme un serpent hypnotiseur. Fais attention, tu la connais. Au début, elle sécrète le parfum d'un aliment délicieux, tu la respires comme une fleur et tu as l'impression de nager dans les plis de la peau de tes tout petits garçons, leur cou et leurs cheveux, mon dieu. Tu ne dois pas, je ne dois pas, il ne faut pas entrebâiller les portes de ton esprit à cette fumée mortelle et irrésistiblement douce, car alors… Heureusement, en vieillissant, Costa devenait une proie moins facile pour la douleur. Il avait appris que la meilleure ruse consiste à changer de position ou d'activité. Si tu es sous la douche, par exemple, il faut en sortir. Et, en effet, dès qu'il eut commencé à frictionner avec un vieux maillot les poils blancs de son torse, il lui sembla que l'image s'éloignait, que le serpent ne le mordrait plus aujourd'hui.

Il se rhabilla et quitta la piscine. Mais sur les

marches, au lieu de se décider à rejoindre directement la voiture, Costa fit demi-tour et souleva le rideau de coton d'un bar miteux, où il commanda deux tartines beurrées.

Il mastiquait lentement le pain un peu sec et réfléchissait à ce qu'il souhaitait faire avec le gosse. Une heure plus tôt, il souhaitait s'en débarrasser, mais à présent la réponse était moins nette. La fureur et le dégoût avaient fondu dans l'eau javellisée. Et Costa alla plus loin. Il osait se représenter l'enfant comme un autre lui-même, ou, si l'on veut, un condensé, un raccourci de ses propres expériences. L'enfant aussi avait dû se cogner de plein fouet contre une image, une image qui rend fou. Alors, peut-être que Costa commencerait par lui raconter la sienne, un de ces jours. Peut-être que ça ne changerait rien, mais il en parlerait quand même.

En sortant du café, il vit une coulée de soleil éblouir le capot de la voiture garée sur un terre-plein. Il aurait juré que le gamin était toujours à l'intérieur. Et, bien entendu, il y était.

Exactement dans la même attitude où il l'avait laissé, celle du sprinter à l'agonie qui n'en finit plus de récupérer son souffle, le front tourné vers le plancher, empestant toujours la sueur refroidie.

Vraiment, Costa aimait bien mieux l'époque où le gamin était dans le rétro. Il se demandait s'il pourrait jamais s'habituer à le voir assis devant.

9

Depuis hier, ils avaient laissé dans leur dos les Pyrénées. Un vent de sable rouge et de poussière piquetait le pare-brise, manteau opaque qui enfermait toute la plaine de Montauban. Le gosse avait soif, il ne le disait pas, il n'était pas nécessaire qu'il le dise pour qu'on le comprenne, rien qu'à sa façon de déglutir. Heureusement, le remède s'étalait en abondance sur les deux côtés de la route.

Vers midi, ils s'étaient donc arrêtés au milieu des vergers où ils avaient fait une razzia de pêches. Un bon quart d'heure de banquet sous les arbres, sans la moindre dispute pour une fois : ils recrachaient à tour de rôle les noyaux, puis Costa cueillit trois melons à mettre en réserve dans le coffre, enfin ils s'agenouillèrent au bord d'un canal d'irrigation pour se livrer à leur toilette.

L'après-midi, le gamin avait passé une partie de son

temps à dormir, les deux pieds en l'air sur la boîte à gants ; des pieds épais, cornés et bosselés comme des sabots de bouc, et qui apparaissaient plus anormaux encore dans l'exhibition involontaire du sommeil.

Le thermomètre du tableau de bord était pris de maladie grave : quarante-deux. Costa conduisait à très petite allure, sans suite précise dans les idées, sauf au moment où il décida de se mettre en quête d'une banque. Sans réveiller le petit, il tendit la main droite vers la boîte à gants et réussit à l'ouvrir ; à l'intérieur se trouvait une brochure avec la liste des distributeurs de billets, qu'il parcourut tout en roulant. Il vit une agence à Moissac, mentionnée en gros caractères ; ce n'était sûrement pas la plus proche, mais qu'importe.

Moissac ondulait dans la buée comme une cité frappée d'épidémie. Les balcons de plâtre et les raisins qui s'entortillaient aux pergolas, les volets fermés, le sable rose et microscopique pénétrant partout avec un sifflement continu : tout était immobile et vide et flottant. On ne peut pas dire que Costa détestait cette ambiance. Il y avait une sorte de deuil surnaturel jusque dans les vitrines misérables, la sciure jetée aux portes des boucheries. Une tristesse ensorceleuse, c'est-à-dire sensuelle, un de ces climats auxquels on craint de prendre goût et d'en garder l'empreinte, et qu'il soit beaucoup plus difficile de s'en défaire que d'une ville riante.

Le gosse dormait, la bouche ouverte. La plupart des rues étaient en sens unique. Finalement, c'est avec un certain soulagement qu'il aperçut au coin d'un carrefour le logo d'aluminium de la banque. Il s'approcha à grands pas du distributeur, par une température saharienne.

Au premier essai, on peut admettre qu'il se trompa dans la composition de son code, les touches brûlaient les doigts, sauf que ce fut pareil la fois d'après, et la suivante aussi. La carte de crédit disparaissait quelques secondes, puis ressortait ironiquement par la fente horizontale, tout à fait comme si elle lui tirait la langue. Ce manège débile se produisit donc à trois reprises. La quatrième fois, la carte cessa enfin de se moquer et ne tira plus la langue à personne. La machine l'avait avalée.

Costa, qui transpirait sur le trottoir, eut l'impression très exagérée qu'un mur de difficultés se dressait devant lui. En fronçant les sourcils, il s'efforça de décrypter les excuses que lui présentait l'écran, mais la réverbération l'en empêchait. Bref, la seule issue était d'entrer dans l'agence. Ayant poussé deux portes à contrecœur, il se retrouva dans un large couloir qui donnait, d'un bout à l'autre, sur une série de niches rectangulaires, des cabinets particuliers juste assez grands pour contenir une table et un employé. Un simple coup de pied aurait jeté par terre tous ces confessionnaux de carton-pâte. Néanmoins, le décor était intimidant, il l'était pour Costa, qui passait devant chaque niche et qui voyait, de dos, un infortuné pareil à lui, un autre malchanceux venu chuchoter son problème. Et Costa découvrit ainsi six ou sept compartiments occupés (chaque fois, à l'intérieur, quelqu'un se débattait en silence contre quelque chose) — mais à la fin, dieu merci, il aperçut une chaise vide et se rua dessus.

La brutalité avec laquelle il prit possession du lieu ne choqua pas l'employée, qui se leva pour lui tendre la main dans un franc sourire. Costa lui débita sans un regard son histoire de carte avalée, il ne la regarda qu'ensuite. Il vit alors une femme sympathique, aux yeux très bleus, aux cheveux frisés précocement blancs, non pas blanc-gris, mais d'une vraie blancheur définitive, soyeuse, immatérielle. Un couronnement de neige inattendu sur le corps élancé d'une personne de quarante ans.

— Mon code est le 4626, dit Costa.

— 4626. Excusez-nous, monsieur. Avec cette chaleur, l'ordinateur central est aussi lent qu'un mammouth.

Elle composa sur une console les quatre chiffres, ajouta deux étoiles, ou peut-être deux dièses, comme on introduirait une pincée de sel. La carte de Costa réapparut.

— Tenez.

C'était aussi simple que ça.

— Vous savez, reprit-elle en souriant, vous l'avez un peu maltraitée tout à l'heure. Voulez-vous me laisser faire ?

Et la carte, qui était à peine arrivée dans ses doigts à lui, rebroussa chemin vers ses doigts à elle : un aller-retour si dynamique qu'il ne songea pas à s'y opposer.

— Il vous faut combien ?

— Mille.

A nouveau, les étoiles et les chiffres et les dièses.

— J'aperçois un compte joint qui s'est arrêté il y a sept ans. C'est un divorce, je suppose.

— Un décès, dit Costa.

Elle s'empourpra légèrement sous ses boucles blanches, sans quitter l'écran des yeux.

— Oh, tout est mélangé sur ce tableau. Pardonnez-moi d'avoir été maladroite. Un décès... accidentel ?

— J'ai perdu mes trois fils également.

— En effet, je le vois.

— Vous ne voyez rien du tout.

— Je vois que vous touchez des indemnités civiles de niveau A, qui correspondent forcément à une tragédie exceptionnelle. Je vous plains de tout cœur, je ne voudrais pas qu'on me donne le centième de ce que vous recevez. Pas à ce prix-là, non. Pourtant, je fais un métier qui m'ennuie et...

La rougeur avait envahi son cou. Au même instant,

le compartiment d'à côté résonna des lamentations aiguës d'un client. L'insonorisation était efficace, mais les parois étaient minces, si bien qu'on entendait à la fois beaucoup et peu, le son sans les paroles, des cris déformés, un bruit de chaise renversée.

La femme eut un soupir.

– Encore un. La direction prétend que nous les aidons. Mais nous les aidons dans une très faible mesure. Au fond, nous ne les aidons presque pas.

– Est-ce que ce sera encore long ? s'énerva Costa.

– Un peu de patience, voilà, nous y sommes… Regardez tout ce qui tombe !

– Mais… Je n'ai pas demandé autant.

La surprise de Costa semblait l'amuser, elle secouait ses cheveux en ramassant l'argent qui continuait à sortir, sans interruption, puis elle se leva avec vivacité et lui fourra sur les bras toutes les coupures de dix, de cinquante et de cent, comme si elle lui jetait des bouquets de fleurs des champs. Il s'était levé à son tour, les billets pleuvaient sur sa chemise.

– Je le sais que vous n'avez pas demandé autant. J'ai pris vos intérêts annuels et je les ai sortis pour qu'ils ne soient pas taxés. Je n'ai rien fait de mal.

Sa voix un peu haute s'étrangla tout à coup, les yeux bleus se mouillèrent pendant que le bout de ses doigts poussait le courage jusqu'à s'introduire dans la chemise de Costa, par un bouton cassé.

— Ne me touchez pas. Enlevez votre main de là !

Abasourdie, elle le regarda une seconde avec horreur, mais sans se décomposer. Les mains qui avaient cessé de bouger recommencèrent à caresser doucement le torse de Costa.

— Je suis mariée, murmura-t-elle. Vous voulez que je vous dise où se trouve mon mari ? Moi, je tiens à vous le dire : il est en prison. Je sais que c'est mon mari, que je n'ai pas fini de l'aimer et que je l'aimerai encore quand il sortira. Dans deux ans… Cette situation n'a rien à voir avec la vôtre, sauf une chose, peut-être. Je crois que la solitude tue à petit feu ceux qui ne font rien pour s'en défendre. Embrassez-moi. J'ai envie de vous.

Leurs bouches se touchaient presque, elles avaient failli se rejoindre lorsqu'il avait été question du mari en prison, mais les dernières paroles entraînèrent un raidissement de Costa. Non pas une simple gêne, quelque chose d'infiniment plus spectaculaire, d'infiniment plus dangereux. Il ressemblait à la photographie immobile d'un cyclone. Alors, comprenant déjà qu'il lui échappait, la femme voulut se contenter de renverser ses cheveux sur l'épaule de Costa. C'était encore trop, bien plus qu'il ne pouvait en supporter.

D'un seul coup, en effet, le cyclone libéra sa charge phénoménale. La femme eut l'impression d'avoir la nuque sciée : Costa s'était saisi de son collier d'améthyste sur lequel il tirait férocement, jusqu'à la rupture. Et il criait à pleins poumons qu'elle mentait. Que l'autre, dans deux ans, le pauvre gars, quand il retrouverait la vie au grand air, elle serait partie! Partie!

Après le collier qui n'avait pas fait long feu, sa grosse main tremblante venait de s'abattre par mégarde sur un sein. Électriquement, la femme bondit en arrière, de sorte qu'il conserva sous sa griffe une veste de tailleur chinée bordeaux et le coton noir du chemisier. Il serra et tourna, les deux tissus imprégnés d'un parfum de vanille craquèrent aux épaules et sous les manches, tandis que la femme rebondissait de douleur après avoir, semble-t-il, heurté le coin du bureau.

Maintenant, les derniers lambeaux du chemisier pendaient sur elle comme des ailes de pigeon cassées. Elle ne portait plus rien, que son soutien-gorge.

Il parcourut le couloir à grandes enjambées vers la sortie. Il poussa le bouton électrique de la porte, se retrouva en plein air, hébété, vacillant et rouge comme un tison. Il regarda de loin la voiture, ayant encore envie de frapper quelqu'un, ou bien de pleurer.

Mais ce n'était pas tout; il se rendit compte incidemment que les billets étaient restés à l'intérieur, éparpillés sur le sol.

Cent mètres plus loin, par chance, se trouvait un autre distributeur. Celui-ci était à l'ombre, et il fonctionnait.

10

Autour du feu, le repas du soir se présentait comme un authentique menu de pénitence à la façon de Costa : sardines en boîte suivies de raviolis en boîte. Il y avait aussi le reste d'une tablette de chocolat. Le gamin s'en servit d'accompagnement pour les deux plats qui viennent d'être mentionnés.

D'ailleurs, Costa manquait d'appétit, il posait sa fourchette dans l'herbe et vomissait mentalement des bribes de son altercation avec la femme de la banque. Une scène en boucle, à l'endroit, à l'envers. Elle s'écrasait contre l'angle du bureau, avec un regard implorant. Elle se relevait et lui parlait de son mari en prison. Elle approchait sa bouche pour l'embrasser. Elle tombait à nouveau en arrière, et ainsi de suite.

Depuis Moissac, ils n'avaient plus cessé de rouler et ils avaient atteint une belle région de causse et de châtaigniers, où poussaient des granges bedonnantes, des pigeonniers pointus à tuiles rousses égarés au milieu des chaumes. En franchissant un pont sur le Lot, ils avaient vu des canoës. Chez le gamin, l'apparition des canoës déclencha un de ces mécanismes de fin de journée qui lui rendaient tout à coup la voiture insupportable. Les eaux du Lot représentèrent le signal à partir duquel il commença à geindre en sourdine, à coller sa bouche sur la vitre, à gratter le plancher.

Costa prit un chemin de terre au milieu des tournesols ; le pays lui plaisait. Il vit sur la droite une maison de maître aux volets clos, la façade toute fendillée par des crêpures noires qui démarraient au coin des briques – ce que les maçons appellent des « coups de sabre ». Un domaine l'entourait, mais on ne voyait pas d'animaux. La Nissan cahota sous des arbres imposants, des platanes gros comme trois fois ceux de Paris. Au bout de la montée, le chemin dégringolait dans une cuvette d'un vert tendre où les formes du crépuscule se couchaient sur la prairie jaunie et, au milieu, apparaissait une ruine, quelque chose de très ancien, un vague assemblage de moellons encore debout, adouci par les siècles. Costa releva sur un panneau le nom du lieu, l'Hospitalet.

Il en conclut qu'il s'agissait certainement des restes d'une léproserie. Mais ce qu'il trouva curieux, à la fois prosaïque et excitant, c'était la possibilité d'y dormir,

car ces bouts de muret surgis du fond des temps encadraient un tas de paille.

La boîte de sardines, les raviolis et le chocolat furent
consommés là. On ne voyait que la forêt ou bien
le causse tout autour, sur les bords de la cuvette. Le
soir de juin durait longtemps, tellement longtemps
que cela suffisait pour qu'un homme ait au moins une
fois la tentation imaginaire de reconstruire le monde
à partir de l'endroit où il est accroupi, en prenant
comme centre de tout l'Hospitalet des lépreux.

Les sauterelles atterrissaient jusque dans le feu.
Plus loin, on distinguait difficilement un grillage, des
piquets, quelques cabanons : un élevage de lièvres, se
dit Costa, car il captait aussi de temps en temps des
talonnades ou des galops, tellement le sol était sonore.

Le repas fini, il rangea la vaisselle, sortit le plaid et
les draps, enleva ses chaussures. Un peu plus tard, en
cherchant à s'enterrer au point le plus haut de la paille,
il vit une étoile filante et appela le gamin pour la lui
montrer.

Les premières pâleurs de l'aube l'étonnèrent. Il avait
dormi d'un trait, il referma les yeux, se tourna à l'opposé du soleil en creusant son trou un peu plus profond, bénéficiant de cette manière d'un sursis, qui fut
écourté brusquement par un bruit de galoches raclant
l'herbe. C'était le pas de quelqu'un qui souhaitait
qu'on le remarque. Costa se laissa glisser jusqu'en bas.

Il frôla le gosse endormi en boule, sa tignasse étalée sur la paille, et fut bientôt nez à nez avec un paysan de soixante ans, en bleu de travail mouillé par la rosée.

— Qu'est-ce que vous faites là ?

— Bonjour. Je suppose que nous sommes chez vous, dit Costa.

— C'est embêtant mais vous allez me montrer votre coffre.

— Il n'y a aucun problème.

Tout en s'exécutant (avec une diplomatie qui, en d'autres circonstances, lui avait fait singulièrement défaut), Costa avait retiré une première impression de son interlocuteur. L'homme n'était pas désagréable, malgré le contexte chargé de méfiance. Il n'avait rien de dangereux, il était même plutôt malingre, avec un air fâché, deux crevasses symétriques aux coins de la bouche, un gris d'ardoise dans les yeux. Une sorte de mélancolie attentive, un peu énigmatique.

Costa alla ouvrir l'arrière-train de la voiture. Là se trouvaient un paquet de gâteaux écrasé, des vêtements sales – et les melons.

Il ouvrit ensuite les quatre portières ; le paysan s'agenouilla de façon à passer un bras sous les banquettes. En le regardant agir, Costa précisait peu à peu son sentiment sur lui. C'était quelqu'un qui avait connu des revers, des déceptions, et ne s'en était jamais remis. Par ailleurs, l'une de ses poches laissait échapper des objets souples et noirs, pareils à des bouts de tuyau que le paysan aurait taillés pour les réunir en bouquet.

— Tout le monde vous dira qu'on est amené à prendre des précautions. Je m'appelle Lemozy. Je n'ai rien contre le fait que des sans-le-sou dorment chez moi, mais… vous n'êtes pas des sans-le-sou. Y'a qu'à voir la bagnole.

— Nous partons tout de suite.

— Je préfère, pour être franc. Prenez quand même votre temps, on dirait que la demoiselle a du sommeil en retard.

Couché en chien de fusil, le Cyclope bougea un peu, entrouvrit sa paupière, secoua ses cheveux longs.

Enfin il se dressa comme un ressort, dans toute son inquiétante agilité, avec cette laideur obtuse de l'œil fermé, ce coup de griffe au milieu de la figure.

— Oh… pardon, mon bonhomme. Je t'avais pris pour une fille, excuse-moi… J'avais pas bien vu…

— Je crois qu'il ne vous dira rien, même en insistant, grommela Costa.

— Et pourquoi qu'il me dirait rien ?

— En fait, il est muet.

— Ah.

— Complètement.

— Je comprends. Muet, ce qui s'appelle muet. C'est pas grave, t'as une bonne tête quand même, mon garçon.

Ils secouèrent leurs draps avant de les plier. Costa remit ses chaussures, alla prendre un miroir de poche dans la boîte à gants et se peigna avec les doigts. Ils burent chacun quelques gorgées d'eau. Le moteur tournait, provoquant des envols de corneilles dans les chênes : la première agression contre la paix des éléments.

Costa embraya la première.

– Où allez-vous ? demanda Lemozy.

Mais, apparemment, on ne souhaitait plus lui parler. Le paysan marchait à côté de la voiture.

– Ce petit gars n'a rien mangé. Qu'est-ce que tu dirais d'un bol de lait chaud, hein ?

La bouche triste de l'homme souriait, ses yeux couleur d'ardoise souriaient.

– C'est Marianne qui sera contente…

La maison n'était qu'à cinq cents mètres derrière les chênes. Un ruban de vapeur se prélassait sur la prairie. Ils roulaient au pas, Lemozy était monté à l'arrière et le nuage s'écartait devant eux. Les herbes hautes s'écartaient aussi, elles étaient presque à graine, on les entendait frapper en gros paquets mouillés sous les essieux. Toujours au ralenti, ils se hissèrent par un chemin creux sur l'autre rive de la cuvette, retrouvant en même temps un air de rosée, une sécheresse métallique.

Pour finir, juste après les derniers petits arbres, un

bâtiment ventru se dégagea, avec de beaux linteaux de porte en arrondi, une cour de ferme.

Et là commença la surprise : le métier des Lemozy, leur gagne-pain n'avait plus rien à voir depuis long-temps avec l'agriculture. Au milieu de la cour s'élevait une grande décharge bariolée, d'un genre douteux. Cette montagne pouvait mesurer à vue d'œil douze mètres de circonférence et six de haut : elle avait dû commencer à s'empiler par hasard autour d'un vieux cerisier, qui ne s'était pas décidé à mourir pour autant, malgré la montée inexorable du tas.

Il y a des tas partout, aujourd'hui, se disait Costa. Il se rappelait fort bien le gigantesque amas de peaux sur les berges de la Seine et le tourbillon criard des mouettes près de l'endroit où il s'était fait couper les cheveux par un aveugle. Le tas des Lemozy était plus gai, moins dégoûtant. Marianne Lemozy était grimpée dessus, jupe retroussée, mais Costa crut d'abord qu'elle cueillait les cerises du pauvre arbre aux trois quarts englouti.

Quant au gamin, une espèce de magnétisme ensor-celeur le fit s'élancer en courant dès qu'il aperçut depuis l'entrée de la cour ces deux choses emboîtées : le dépotoir et l'arbre au-dessus. Mais alors, une autre surprise le cloua sur place, ou, si l'on préfère, un autre sortilège qui paralysa son enthousiasme. Alors qu'il s'approchait du tas, le tas était devenu vivant. Il avait lâché un pet. Ce qui veut dire – pour être exact – une bulle et une odeur.

Il y avait de la fermentation là-dessous, et maintenant la grande déchetterie avec sa houppe en forme d'arbre à cerises bougeait et ondulait. Car le pet avait déclenché un éboulement, séparant les uns des autres les milliers de morceaux qui composaient l'amoncellement – et ce qu'on voyait rouler en avalanche, c'était des ballerines, des mocassins, des tongs, des bottes et des bottines, des espadrilles, des baskets, des sandales... Le noir et le marron dominaient, mais il y avait aussi du rouge géranium, du blanc et du jaune. Ce volcan malodorant, ce sapin de Noël était une montagne de vieilles chaussures.

Marianne Lemozy avait la peau tannée par le grand air, les cheveux gris. Enfoncée jusqu'aux genoux dans le magma, la femme Lemozy, qui n'avait pas encore porté son attention sur l'arrivée des invités, parlait toute seule : un long chapelet d'injures prononcées avec tendresse sur le ton de la messe basse. Ce monologue et ces tendres jurons s'adressaient évidemment à quelqu'un. A la montagne. Mais d'en bas, Lemozy lui cria de descendre et Costa put voir un peu mieux ses traits : une bouche au dessin charnu, exprimant une sorte de lassitude orgueilleuse, légèrement fripée par l'âge.

La montagne péta encore, et l'enfant cette fois se

mit à rire, et son rire entraîna celui de Lemozy qui devait pourtant connaître ça par cœur. Les godasses dégringolaient, la touffe du cerisier tremblait comme une crête de coq. Pendant ce temps, sans chichis, Marianne descendait la pente sur le derrière, avec un naturel et une vivacité qui lui faisaient honneur. Elle était presque parvenue en bas quand on l'entendit pousser un petit cri en s'arrêtant pour se frotter les fesses. Un talon aiguille l'avait piquée. Le talon d'un escarpin en velours.

Elle s'épousseta et mit des mules à ses pieds avant de saluer les visiteurs. Immédiatement, quelque chose la relia au gamin – un élément profond, limpide, impossible à définir. Costa vit le regard dont elle l'enveloppait, Lemozy dut s'en rendre compte également, et bientôt les deux hommes préférèrent s'écarter.

Mais Costa, qui venait d'avoir une idée, lança en se retournant :

– Il s'appelle Paul.

– T'es mignon, Paul, dit la femme.

– Il te répondra pas, fit le mari. Il est muet, je te jure.

A pas lents, ils arrivèrent au fond de la cour, près des anciennes bergeries. Un deuxième tas se tenait là, plus réduit et plus laid, en partie dissimulé derrière des ronces sauvages, comme si le propriétaire était gêné de son existence. Ce deuxième dépotoir, inverse du premier, n'était qu'un aggloméra de pneus pourris. Lemozy demanda à Costa s'il avait une idée de l'usage possible de ces vieux bouts de gomme, et Costa trouva facilement la réponse :

— Des semelles ?

— Tout juste.

Ils tournèrent la tête d'un même mouvement vers l'autre tas, car en comparaison du tas de pneus qui était la mort, l'autre faisait penser à Pantagruel. Pantagruel coiffé d'un cerisier.

— Je ne vois plus votre gosse, dit soudain Lemozy d'une voix étrangement suave. Marianne a dû l'emporter.

Ils retraversèrent la cour en diagonale, côte à côte, si différents. Un chat noir à moitié pelé se hérissa derrière une souche. Lemozy mit sa main sur l'épaule de Costa, comme pour le civiliser, pour introduire une certaine norme dans son tangage. Sept heures du matin : le pignon de la maison était couvert d'une glycine, les oiseaux invisibles y menaient un fantastique vacarme, Lemozy passa le premier sous les fleurs en grappes, ils entrèrent l'un derrière l'autre en étouffant leurs pas, inconsciemment convaincus qu'on n'avait pas besoin d'eux.

Les effluves tiédasses du tas de chaussures gagnaient même l'intérieur de la maison, le couple vivait en permanence sur cet arrière-fond de litière, de cuir putréfié. Mais après tout, songea Costa à l'improviste, la crèche de Bethléem exhalait probablement une senteur forte aussi – cette comparaison s'imposa alors qu'ils arrivaient dans la salle à manger. Là, il comprit un peu mieux pourquoi ils s'étaient retenus de faire du bruit, Lemozy et lui. Il vit le gamin accroupi sur un banc, devant des tonnes de nourriture, entouré par deux présences. C'est en tout cas ce qu'il pensa de prime abord, sincèrement : deux présences. La salle à manger était vaste, archaïque, plutôt sombre et tout en pierre. A droite de Paul – va pour Paul –, il y avait Marianne, qui lui versait du lait en retenant la peau avec le bout de son doigt. A gauche, il y avait quelque chose et rien. Une coulée de lumière frôlait la joue du gosse resté dans l'ombre, rasait sa manche, arrachait une minuscule musique aux objets du déjeuner, un à un, faisait chanter le pot en fer-blanc, la croûte du pain, les bols. Cela ne dura qu'une minute, le temps de s'asseoir. Lemozy prit tout naturellement la place libre, juste à l'endroit du ruisseau de lumière. Avec des gestes usés et respectueux, il tira le banc vers lui, en enlevant sa casquette.

Ses cheveux clairsemés ressemblaient à du duvet de pigeon. Marianne faisait moins vieille que lui ; et d'ailleurs non, ce n'était pas vrai, c'était plutôt qu'elle se trouvait soudain et de façon inespérée dans un rôle écrit pour elle, depuis si longtemps, au cœur d'une tâche qui l'attendait, elle, et personne d'autre : essuyer avec un coin de serviette les lèvres de l'enfant, couper du pain pour lui, démêler sa tignasse, retirer les brins de paille, faire tout ceci et d'autres choses pendant que Paul s'empiffrait, l'œil baissé. Jamais il n'avait mangé autant. Alors, Costa s'en fut s'asseoir à l'extrémité de la table et se servit lui-même du café, sans rien demander. Il pensa de nouveau à la crèche, Joseph et Marie. La timidité de l'homme, la gravité heureuse de la femme, l'irresponsabilité de l'enfant. C'est complet, pensa-t-il. Tellement complet que la seule attitude souhaitable était peut-être de s'en aller, de les laisser tous les trois là, encadrés par cette grande cheminée brune, avec l'odeur de pourri en provenance du dehors et la belle lumière. Le nez dans son café, il les regardait de loin, éprouvant un bizarre mélange de soulagement et de regret. Joseph et Marie, le gamin qui ne se doute de rien, la clarté matinale, un lambeau de Palestine sous les chênes du Quercy.

Il se disait donc sérieusement que son rôle avait pris fin. C'était à la fois difficile et reposant de s'arracher à cette maison aussi nue qu'une étable, il repoussa sa tasse et fut sur le point de se lever, mais les Lemozy secouèrent la tête, l'homme et la femme en même temps. Et ce fut la femme qui parla, elle dit quelque chose qui signifiait : attendez un peu, je ne vais quand même pas vous le rendre dans cet état. Lemozy baissa les yeux, car il l'avait pensé mais ne l'aurait probablement pas dit, pour des raisons de délicatesse. Enfin, Marianne prit Paul à part, l'entraîna dans un escalier qui menait sous les combles et, quelques secondes après, on entendit trembler la plomberie. D'après le bruit, l'eau ne tombait pas dans une baignoire mais dans un seau.

Costa s'imagina la corvée que ça devait être de laver le gamin dans ces conditions. Effectivement, Marianne appela bientôt son homme à la rescousse. Il fila dans l'escalier sans se le faire dire deux fois, comme quelqu'un qui n'espérait pas autre chose. Tous les trois se trouvaient maintenant réunis là-haut, hors de la vue de Costa. Mais le remue-ménage auquel ils se livraient était extraordinaire – Joseph et Marie, le bain de l'enfant. Outre les bruits de robinetterie, il y avait les gonds des placards, le raclement des mules sur le plancher, sans compter le joyeux bavardage de Marianne, son joyeux entrain qui traversait l'épaisseur du plafond.

Puis Lemozy redescendit jeter un seau d'eau noire dans la cour. Une sorte de félicité suprême ou de rire intérieur animait le pauvre vieux. Costa voulut s'excuser de lui avoir pris du tabac sur la cheminée, et l'autre répondit : « Vous avez bien fait », mais sans s'arrêter de courir. Alors, Costa alla s'asseoir au soleil et se laissa griser par les volutes mielleuses de la fumée, sur les marches du seuil, engourdi. Il se disait encore une fois que son travail aurait pu se terminer ici, mais il ne bougeait pas, n'en éprouvait aucune envie, se contentant de regarder la montagne de chaussures en tirant lentement sur sa cigarette.

C'est un Cyclope spectaculairement transformé qui tomba tout à coup du haut de l'escalier. Les cheveux brillants, frisottés, humides de buée, la peau du visage s'était comme désépaissie, désencornée. Même le fond de son œil était plus blanc. Un Cyclope en chemisette bleu ciel toute neuve, pantalon beige à revers, ceinture de cuir. En le voyant, puis en voyant la femme et l'homme qui l'encadraient sur la dernière marche, Costa fut quelque peu troublé, car il comprit que c'était un cadeau que les Lemozy lui faisaient, à lui. Le cadeau n'était pas encore complet. Il manquait les godasses. Tous ensemble, ils retournèrent dans la cour y déterrer un modèle passable, et Marianne avec la même énergie retroussa à nouveau sa jupe pour monter sur le tas. Son désir de bien faire était l'autre face de sa tristesse. Fouiller la montagne lui permettait de croire qu'on ne voyait pas ses mains trembler.

Une paire de baskets grises émergea des profondeurs. Elle les lança vers les deux hommes qui en attrapèrent chacun une. Lemozy les contrôla en pliant la semelle. Le gamin approcha ses gros pieds bosselés, l'affaire était faite.

Mais au moment de la séparation, une espèce

d'affolement discret parut soudain gagner le couple et, alors que la femme gardait une certaine contenance, ce fut lui, finalement, qui se montra le plus désemparé.

– Au revoir, mon bonhomme. T'es le plus gentil petit gars que j'aie jamais vu. Pour ça, ton père est bien d'accord là-dessus, il me l'a dit à l'oreille.

Il le serra très fortement sur sa poitrine, puis vint ensuite le tour de Marianne, qui l'embrassa en fermant les yeux.

11

La journée s'annonçait acceptable. Le soleil de dix heures dansait à pieds joints sur les pierres quand ils perdirent de vue la maison des Lemozy. Le chemin contournait l'Hospitalet et son tas de paille, on voyait bondir les lièvres de l'enclos.

Ils quittèrent donc ce lieu de baptême où Paul avait reçu un nom devant témoins.

La nationale 140, qu'ils espéraient rattraper, devait traîner quelque part au fond du causse de Gramat. Mais le causse de Gramat était si pauvre qu'on ne l'imaginait pas s'offrir une nationale. Ils croisèrent, en tout et pour tout, un cavalier (une sorte de Sancho Pança, obèse et olivâtre, écrasant une monture mal nourrie, entourés tous les deux par un essaim de mouches), puis, quelques kilomètres plus loin, un side-car dont le pilote était un type à barbe rousse, lunettes noires, qui transportait dans sa remorque un réfrigérateur.

Personne d'autre ne circulait dans ces contrées. A perte de vue, la caillasse éclatée hérissait les champs, comme les tessons d'un gigantesque vase qu'on serait venu briser ici, un pot d'argile censé contenir la Création entière mais qui ne renfermait que des crottes de chèvre et du vent.

Costa tenait le volant d'une main et conduisait dans son habituel état de distraction, d'absence. Il était relativement paisible, tout en se moquant pas mal de cette paix-là, n'en ayant rien à cirer de cette paix. Mais enfin (c'était un fait incontestable) la matinée passée chez ces gens avait réveillé comme un picotement dans sa chair (même si cela aussi il s'en moquait pas mal), un frisson d'humanité perdue, appelons-le comme on veut, le souvenir d'un souvenir, sûrement pas suffisant pour donner des raisons d'exister.

Donc, il se sentait aussi bien que possible, à la recherche de cette nationale 140 perdue dans le désert de pierre, un enfant mutique à ses côtés, et la jauge à carburant qui venait d'entrer dans le rouge. Tout à coup, il s'intéressa à Paul. Vingt kilomètres au moins qu'il ne l'avait pas regardé.

Les genoux en l'air et les baskets sur la boîte à gants, Paul n'était pas demandeur non plus, se suffisait à lui-même, passait le temps à faire danser sur ses doigts un petit médaillon ovale tournoyant sur une chaîne argentée. Vingt kilomètres qu'il s'excitait sur cette bimbe-

loterie, mais où avait-il pris ça? Bon sang! Costa
le savait. On n'y arrivera donc jamais, pensa-t-il. Les
Lemozy n'avaient pas lâché le gamin plus de deux
minutes. La chaîne argentée et le médaillon de verre
se trouvaient alors sur le mur du séjour au-dessus de la
cheminée. Il a donc fallu que tu sautes, carrément. Le
bond maléfique du matou qui capture au vol les hiron-
delles.

Et il pensait également : les chats sont comme
toi, ils méprisent la main qui les soigne. La colère lui
embrasait les joues, il voulut se pencher pour confis-
quer la chaîne, mais celle-ci était enroulée aux doigts
de Paul, de sorte qu'il en oublia de faire la distinction.
Le gamin eut un grognement de bête blessée. Costa se
sentit triomphant, il introduisit l'objet dans la poche
de sa chemise. Mais Paul ne l'entendait pas de cette
oreille et se rebiffa avec une violence et une rancœur
insoupçonnables.

C'était la toute première réaction de ce genre. Le
gosse lui avait jailli à la gorge – un instant insolite,
irréel, d'autant plus irréel que Costa prit le parti
étrange de se laisser faire –, il s'était élancé sur lui
non pas dans le but de récupérer sa possession, mais
bel et bien en s'attaquant à l'homme.

« A l'homme », se répétait Costa, stupéfait. Il eut
envie de fredonner un air joyeux, tellement tout cela
le dépassait.

Et pendant ces quelques secondes, la bagnole dériva en zigzag dans les nids-de-poule.

Une fois trouvée cette fameuse 140, il fallait choisir entre la prendre à droite, vers Figeac, ou à gauche, vers Gramat. Le dilemme fut tranché sans aucune raison en faveur de Figeac, c'est-à-dire qu'ils mettaient le cap au sud après avoir roulé constamment plein nord depuis les Pyrénées ; ils repartaient en arrière : une ineptie de plus.

Ce qui est sûr, c'est que cette route devait être maudite, car à partir de là les incidents proliférèrent comme des moustiques dans la moiteur orageuse. Les cris de fous, les disputes haineuses et les rires diaboliques se déclenchaient à la moindre occasion, rebondissaient sur leurs deux têtes de plus en plus endolories.

Il y eut d'abord l'épisode des auto-stoppeurs. Les stations-service sont toujours des lieux où l'on rencontre du monde. Dans celle-ci, une station Total, après avoir dû distribuer une demi-douzaine de bakchichs à des inconnus munis d'éponge, de brosse ou de pistolet, après avoir acheté un sachet de bonbons à un autre sans-abri, puis enjambé un chien galeux qui dormait de tout son long dans l'ombre d'une pompe, Costa s'était dirigé vers le cagibi vitré de la caisse, et c'est en revenant vers la voiture et vers Paul qu'il avait vu les deux adolescents, le sac aux pieds, l'air plein d'espoir.

Un garçon et une fille, dans la beauté de leurs seize ans. La fille s'était avancée timidement pour lui demander s'il allait jusqu'à Decazeville. Elle avait des lèvres gercées par la soif et la poussière. Il remarqua ensuite comme ils se ressemblaient, ils paraissaient sortir du même œuf ou bien avoir traversé le désert à pied. Costa ouvrit les portes arrière et fit un peu de ménage à leur intention, tandis que Paul paraissait prêt à défendre chèrement son territoire. Par prudence, il n'était pas sorti de la voiture. Il écrasait son nez contre la vitre et regardait de biais les deux jeunes qui attendaient de pouvoir monter, de pouvoir glisser leur sac. Costa ayant fini le rangement, la fille et le garçon bredouillèrent un merci : ça devait être le signal que Paul attendait, car il éclata de rire.

Tout le voyage jusqu'à Decazeville eut à pâtir de son hilarité. Les deux jeunes se tenaient serrés au fond de l'habitacle et faisaient mine de consulter une carte routière. La carte était seulement un paravent pour eux, une cloison dépliée en désespoir de cause, faute de savoir quelle contenance adopter devant les fous rires.

Le comble fut atteint lorsque Paul, s'emparant du sachet de bonbons acheté par Costa dans la station-service, au lieu de l'ouvrir, le fit en quelque sorte exploser. La plage arrière s'en trouva envahie — rien de bien grave, sauf qu'il ne faisait pas de doute qu'il avait visé les deux jeunes gens, car on les entendait souffler et chuchoter dans leur coin en ôtant les projectiles de leurs cheveux, des espèces de glaires roses ou bleues, des langues sucrées. Paul était plié de rire.

Et l'on peut dire que, dorénavant, fréquenter qui que ce soit devenait une activité à risque, et que, dans la mesure du possible, il aurait mieux valu contourner les agglomérations, se tenir à l'écart de tout. En effet, n'importe quel trottoir urbain représentait un excitant et une tentation pour Paul.

Il y eut le jour où il échappa de justesse au lynchage. Encore un piège auquel Costa n'avait rien compris, c'était allé trop vite. Il se revoit passer en courant sous une porte cochère, dans une petite ville à caractère médiéval, défoncer quasiment l'ouverture d'un bâtiment bas, situé en fond de cour, aux vitres opaques : une salle de billard.

A l'intérieur, une ambiance difficile à pénétrer, un tourbillon de voix viriles et de fumée qui se resserre autour d'un point précis : une table à tapis vert sur laquelle Paul est à quatre pattes. Sa figure est crispée, maculée de sang, d'un peu de bave aussi. Les cannes de billard pleuvent sur son dos de tous les côtés en même temps.

C'était une scène absurde, éblouissante, éclairée par

ces lustres à galons verts qui n'existent que dans les salles de jeux. Une scène à la vie ou à la mort, il n'y avait pas à se demander comment Paul était parvenu jusqu'ici. Avec une énergie d'éléphant en colère, Costa avait fendu la meute et pris le gamin sur ses massives épaules, pour l'entraîner vers le silence de la rue.

Ensuite seulement, de longues minutes plus tard, il osa trembler d'indignation. Ils étaient à nouveau dans la voiture quand il se rendit compte que Paul, courbaturé et haletant, les vêtements déchirés, saignait toujours de la figure, saignait de plus en plus.

Costa s'imagina qu'il venait de perdre son deuxième œil, et il se dit que, si tel était le cas, il l'abandonnerait.

Le gamin épongea sa plaie avec de courts hoquets de chiot, seule l'arcade sourcilière avait éclaté. Costa fit ronfler le moteur, mais en lui-même il était épuisé de rouler, dégoûté de cette vie sans issue.

La méfiance s'installa. Un mélange de fébrilité et de peur sournoise qui creusait des galeries vertigineuses dans leurs échanges. Paul avait perdu ses sourcils. Souvent, Costa se mettait à crier et lui demandait ce qu'il était allé faire à quatre pattes sur une table de billard.

Ils roulèrent encore deux jours ; les premiers buissons de thym et les premiers champs de lavande annonçaient les Cévennes. Le changement de décor eut lieu subitement, en haut d'un col où le moteur avait chauffé. Les langues de terre violettes ou bleues reposaient comme des étendards au pied de la montagne saturée de soleil, mais cet éclat des choses n'entrait pas, n'entrerait jamais dans Paul, tout espoir était perdu, voilà ce que pensait Costa. Au lieu de regarder les champs de lavande, Paul n'appréciait que les moucherons qui explosaient sur le pare-brise, les merdes d'oiseau, les papillons. Et c'était si accablant que cela donnait envie de foncer tout droit, tout droit jusqu'à ce que le carreau soit totalement garni d'une épaisse croûte d'éclaboussures – moucherons et merdes d'oiseau.

Un soir, après le dîner, Costa s'assit en tailleur près du feu et entreprit des travaux de couture. Dans une vie de nomade, il faut savoir tout faire ; il était capable de recoudre un bouton sans aiguille ni fil. Au bout d'un moment, il leva les yeux et chercha sans succès dans l'herbe son cran d'arrêt. Une lame de douze centimètres, avec un manche en buis – disparu !

Il regarda Paul à travers les flammes. Les longs cils du Cyclope étaient baissés, sa crinière de fille formait des ombres énervantes. Costa se leva lentement et fit le tour du brasier, respirant de plus en plus fort.

Enfin, n'y tenant plus, il tomba de tout son poids sur le gamin. Le couteau était bien là où il croyait le découvrir, enfilé dans sa chaussette. La difficulté fut

moins de récupérer l'objet que de pénétrer la réaction
ambiguë et malsaine de Paul. Une ruse d'animal à sang
froid : l'enfant abandonna le couteau sans vraiment
résister, mais après réflexion, dès que Costa eut le dos
tourné, il lui planta ses dents dans le poignet.

C'était la deuxième rebuffade. A nouveau le combat
s'arrêtait sans dépasser les préambules.

Une espèce de réconciliation silencieuse eut lieu
tard dans la nuit. La montre de Costa marquait deux
heures du matin quand il s'en fut secouer Paul, qui
dormait comme un sonneur au fond d'une bergerie
abondamment peuplée de chauves-souris. Il lui commanda de se lever, l'attendit peut-être une minute, pas
plus. Paul avait au moins une qualité, celle de glisser
très vite d'une situation dans une autre.

La température était étouffante. Pieds nus, ils tra-
versèrent une lande brûlée envahie d'oseille sauvage,
avant de se déshabiller dans le clair-obscur, près d'un
petit lac rond comme la lune. Costa se mit à l'eau le
premier, nagea en s'éloignant dans le noir, puis revint
vers la rive. Paul se risqua à son tour. Immergé jusqu'aux épaules, il commença à émettre des râles
sinistres supposés traduire sa joie de barboter. Les
clapotis de la vase qu'on voyait à peine faisaient songer
à un lait trop crémeux.

Ils se revêtirent sans être secs, et là, au lieu de rentrer
dans la bergerie, Costa, qui se sentait reposé, eut envie

de prendre le volant. A deux heures du matin, emballer leur fatras et repartir, ils ne l'avaient jamais fait.

La Pactole s'ébranla à nouveau. Avec ses roulements de treuil, son bruit lourd, elle ressemblait à une grue, une nacelle ou un berceau dans la nuit. Le tonnerre qu'elle faisait en traversant les villages morts s'avérait tellement scandaleux qu'on souhaitait disparaître soi-même à l'intérieur de l'agression, subjugué et consen-tant à cette espèce de cambriolage. L'odeur des cuirs était différente la nuit, le levier de vitesses se courbait dans la main comme une branche souple.

Un instant, à la sortie d'un virage, le pinceau de lumière attrapa en passant deux formes entrelacées, deux hippocampes fantastiques, dans une prairie pleine d'ombres et d'étincelles. Les phares avaient tiré de la nuit cette pépite mystérieuse, comme une vision inter-dite aux hommes, et c'est pour la retenir dans le rectangle du pare-brise que Costa freina aussitôt. Cela ne lui parut pas suffisant, il éteignit le moteur. Dans la prairie irradiée, les deux chevaux tournoyaient sur eux-mêmes en se donnant des caresses d'encolure, des coups de tempe, des frôlements d'oreilles, ils tour-noyaient et se masquaient l'un après l'autre, de sorte que Costa put s'étonner de leur différence physique, mise en relief par cette valse.

Leur différence était considérable. Elle aurait dû les déranger, être un obstacle bien plus gênant encore

que l'éblouissement des phares qui leur frappait le
blanc des yeux, mais non, ils continuaient de faire ce
qu'ils faisaient, la valse et les caresses. Et Costa décida
que sa préférence allait à l'étalon, justement parce
que la différence le désavantageait. Il ne ressemblait pas
à un étalon. Costa se disait : c'est un prolétaire en
tenue du dimanche. La définition, oui, collait assez
bien : une bonne bête de somme, un bon bourrin de la
campagne, tout poilu et ventru et l'air éperdu d'amour.
Il détailla ensuite la jument et pensa : elle, c'est une
dame qui sort de l'église.

En effet, la jument avait des oreilles lisses, elle était
un frisson sur sabots, la finesse incarnée. Les araignées
des champs, qui tissent leur piège à l'aurore, avaient
déjà couvert la prairie de leur précieux tissu, et Costa
demeurait saisi car, bien sûr, il avait déjà vu s'accoupler
des chevaux, mais sûrement pas de cette façon, pas
dans la nuit ni sous les réflecteurs d'une voiture, et pas
avec cette incongruité physique qui déposait doucement les armes devant la puissance émue du désir,
c'est-à-dire la puissance de ce même physique.

Tout à coup, un gémissement le fit sortir de sa fasci-
nation. Il eut l'impression d'un vent froid sur son
col et se tourna vers le gamin. Paul regardait le milieu
de la prairie lui aussi. Peut-être venait-il seulement de
se réveiller. Il gémit à nouveau, il ignorait que Costa
avait tourné la tête. Mais Costa remarqua une lueur

qu'il n'avait jamais vue dans l'œil de Paul, sous le sourcil blessé, et il pouvait jurer que cette lueur, devant les chevaux, ne lui plaisait pas. Elle le ramenait à la pire des réalités.

Aussitôt, il remit le contact, enclencha la première et partit à fond de train dans l'obscurité.

12

Quand le jour se leva finalement, Costa aurait été bien en peine de situer sa position sur une carte. Le dernier nom d'agglomération un tant soit peu connu qu'il avait vu écrit sur les poteaux de façon insistante était Saint-Chély-d'Apcher. Mais ce nom s'était évanoui vers trois heures. Depuis, plus rien. Un renard ici ou là, dont il voyait étinceler les yeux rouges, rasant les fourrés, et toujours les milliers d'étoiles qui poudraient l'horizon, comme la représentation du chemin effacé qu'il aurait aimé suivre, car ce qu'il faisait sur la terre en ce moment, c'était cela : relier des points que plus personne d'autre ne reliait.

Une moitié du ciel se teinta d'indigo, et Costa, dans le jour naissant, put commencer à évaluer sa situation. Tout autour s'étendait un chaos d'une extraordinaire sauvagerie. Un résidu de route décrivait des méandres lumineux au bord d'un ravin. Cette route, il ne pouvait guère en sortir, sa largeur dérisoire interdisant absolument toute manœuvre, du moins pour celui qui avait la prétention de conserver son squelette en un seul morceau.

Le ravin sentait l'anis, des traits de clarté fouettaient les rochers encapuchonnés, et soudain, beaucoup plus vite que prévu, il se trouva devant une longue construction plate, percée sur deux niveaux d'innombrables petites fenêtres monotones, couverte de tuiles romaines. La sévérité du bâtiment, mais aussi ses mesures excessives lui rappelaient un élevage de vers à soie qu'il avait vu ailleurs, il y a des années. Costa eut un soupir. Persuadé de s'être fourvoyé, il exécuta tout doucement son demi-tour au pied de la bâtisse, en écoutant dégringoler les cailloux dans le précipice.

Mais il se sentait observé. Le volet d'une lucarne s'était ouvert, une bonne sœur apparut, une bonne sœur qui n'avait ni l'âge ni le physique pouvant correspondre à la vie monacale. Une gamine, dont les cornettes blanc et noir abritaient un regard apeuré.

– Allez-vous-en, fichez le camp ! Partez, partez tout de suite !

La voix fluette était remplie de fronde et de chagrin. Costa en resta stupéfait, tandis que Paul bougeait subrepticement.

La lucarne se referma. L'instant d'après, le grand portail pivotait à son tour : c'était bien la même petite nonne de treize ans, elle tenait un balai dans une main, un seau à ordures dans l'autre.

– On ne veut plus voir personne ! Je vais donner l'alarme et on viendra vous abattre, c'est pas une blague ! Je compte jusqu'à dix !

L'anse du seau grinçait, les cornettes frémissaient, le petit visage protestataire était blême. En conséquence, Costa fit précisément l'inverse de ce qu'on exigeait de lui : il descendit et vint à la rencontre de la nonne miniature. Mais il se demandait un peu quoi penser, regardant en silence l'affreux déguisement blanc et noir, le corps de sauterelle secoué par des hoquets ou des sanglots de rage. Il la trouvait impressionnante.

Tout à coup, le gravier crissa derrière la fillette.

– Ce monsieur est le bienvenu au contraire.

Dans le premier rayon qui éblouissait le portail, Costa vit apparaître une jeune femme assez haute, coiffée en garçon, la taille élancée et qui ne portait pas l'habit de religieuse. Outre son indéniable charme sportif, cette personne avait de beaux yeux d'un gris opalescent, formant un accord équilibré avec le reste : la parka rouge, le pantalon fuseau et surtout cette invisible aura de l'autorité qu'elle incarnait.

– Je m'appelle Astrid. Venez, vous pouvez laisser votre véhicule ici. Les sœurs se lèvent à peine, la messe n'est qu'à six heures. Vous vous êtes perdu, je suppose ?

— Perdu, répéta Costa d'un ton absent. Je ne crois pas, non.

Il essaya de réfléchir.

— Avant toute chose, reprit-elle sans l'écouter, je suis obligée de vous dire que vous pénétrez dans un lieu qui a subi… un traumatisme. Une agression terrible.

A côté d'eux, la petite nonne lâcha son balai. Elle semblait être tombée en catalepsie, appuyée au mur, les lèvres à moitié ouvertes.

— C'est d'ailleurs pourquoi toutes les compétences sont acceptées. Peut-être possédez-vous une formation spéciale.

— Une formation… J'ai pratiqué la médecine, reconnut Costa.

— Vraiment ? Alors, c'est encore mieux. J'estime que nous avons de la chance. Vous êtes ici chez vous, tout le temps qu'il faudra.

Le couvent entier était en briques. Pendant qu'ils avançaient dans le déambulatoire, un chassé-croisé de mauvaises intentions animait les rapports entre Paul et la nonne miniature. Paul avait surgi de derrière les jambes de Costa et se contentait de tourner avec une fausse nonchalance autour des cornettes. Il avait pris un petit air content de soi, dominateur.

La nonne de son côté était à demi dissimulée derrière le pantalon fuseau d'Astrid, mais on l'entendait respirer avec difficulté ; elle penchait de temps en temps vers Paul sa figure convulsée de haine.

Un jardin s'étalait sur la gauche, dès le portail franchi. La terre avait été conquise dans sa totalité par une seule plante, sorte de lichen géant, rampant, d'un rouge ferrugineux, qui débordait en escaladant le pied des colonnes. Partout il y avait des briques. Elles étaient brunies ou blanchies comme des peaux très anciennes qui auraient réagi différemment à la vieillesse, plus ou moins fendillées, plus ou moins poreuses, auréolées de sel ou de tanin.

Le déambulatoire bordé d'arcades aboutissait à de grandes salles fraîches, d'où s'échappaient par endroits des ruisseaux d'eau savonneuse. Car c'était l'heure du ménage. Les pièces communes étaient les suivantes : une première chapelle appelée la « chapelle basse », puis la salle de lecture (magnifique porte à gros écrous), l'infirmerie, le réfectoire, le cellier, la buanderie... Et, pour finir, adossée au ravin, comme en exil entre le sol et les nuages, la « chapelle haute ».

– Voilà, je vous ai tout montré. Sauf les cellules individuelles, bien sûr, qui se trouvent à l'étage.

Costa tourna la tête : deux autres bonnes sœurs en réduction descendaient l'escalier. Elles étaient tout aussi absurdes, encornettées et sans poitrine. Elles s'immobilisèrent à la vue des visiteurs comme des lapins terrorisés.

— Vous avez fait la connaissance de Blandine. Voici maintenant Sarah et Agnès, dit la jeune femme d'un ton neutre.

Puis, sans transition :

— Je suis arrivée quarante-huit heures après l'attaque du couvent. Dès que le bruit a couru. J'ai été une des premières ici…

Ils s'étaient arrêtés sous l'ombre du tilleul qui jouxtait la chapelle haute. Elle raconta l'assaut, mais sans se départir de sa tranquillité intérieure ; ce ton discret, équitable et fair-play qu'elle employait en permanence, et qui dérangeait Costa plus que le reste. Elle décrivait les actes de barbarie pour lesquels elle avait pu relever des preuves certaines. Toujours aussi honnêtement. Par ailleurs, elle ne cessait pas de l'examiner, lui, depuis les pieds jusqu'en haut. Son beau regard gris et froid voyageait seul très loin de la discussion, rôdait pour le moment sur les espadrilles de Costa, sur ses vieux lacets dépareillés.

— Le soir de mon arrivée, j'ai découvert dans une cellule, étendue par terre, une nonne qui délirait.

Le regard gris monta le long de son pantalon.

— C'est au sujet de cette petite que j'ai besoin de vous. Hélène. Elle a seize ans. Après avoir fini de la violer, ils lui ont tondu le crâne comme…

— Comme une prostituée, dit Costa.

— Exactement. C'est réconfortant de parler à quelqu'un qui comprend tout, quand on est depuis six semaines hors du monde.

Astrid baissa la voix, car une vieille cornette les croisait à cet instant, lente et courbée.

— Vous êtes vraiment médecin, n'est-ce pas ?

— Je suis pédiatre.

— Ah, dommage. C'est presque le contraire de ce que vous allez devoir faire pour nous.

— Je ne vous ai rien promis. Personne ne peut me forcer à ça, personne. Vous ne vous rendez pas compte que sans antibiotiques, sans stérilisation, c'est une folie, ce serait un crime.

— Un crime ? Vous n'allez pas parler comme les bonnes sœurs, quand même.

Le regard gris abandonna d'un coup cette espèce de lente dévoration méticuleuse qui l'occupait. Elle redressa la tête et l'observa avec une pointe de défi.

C'est ainsi que l'affaire fut décidée entre eux.

Pour le moment, la jeune fille nommée Hélène dormait encore. Rien ne devant se passer dans les prochaines heures, Costa et Paul avaient quartier libre. Ils montèrent l'escalier en briques qui menait aux cellules des religieuses. Là, les fenêtres à croisillons étant très hautes, un panorama splendide s'offrait sur la montagne cévenole, le ciel tendu pareil à de l'amiante en fusion, les sentiers de mulets. A midi et quart, une cloche sonna l'appel du déjeuner. C'était l'occasion d'assister au premier regroupement et de subir les curiosités de dix-sept cornettes, représentant tous les âges – prénubiles, nubiles, mûres, automnales, hivernales… Une dix-huitième toujours debout coupait le pain, actionnait la trappe du passe-plats. Mais deux femmes étaient absentes : Astrid et Hélène. Le plat principal était de la saucisse aux lentilles : aberration par un temps de canicule, outre que les lentilles contenaient environ cinquante pour cent de cailloux. Extrêmement intéressé, Paul ne fit rien d'autre que trier les petites pierres dans l'assiette, ou bien au fond de sa bouche, avec le doigt, comme s'il avait avalé une arête.

Après le repas, Costa se dispensa de café. Astrid vint lui dire à voix basse que la jeune fille était réveillée et qu'il pouvait aller s'entretenir avec elle. Il reprit l'escalier et entra dans la cellule d'Hélène. Il y demeura à peu près trois quarts d'heure. Mais, en sortant, il paraissait plus voûté que d'habitude, se frottait les poignets de façon machinale et plissait les sourcils. Astrid lui demanda de quel matériel il avait besoin. Il avait bien quelques idées, mais les grossesses ne disparaissent pas avec des idées.

– Montrez-moi d'abord l'infirmerie.

Comme prévu, l'infirmerie faisait pitié. Astrid

le conduisit dans une alcôve sans lumière dissimulée par un mur de parpaings derrière le dernier rayon de la salle de lecture. Le placard des drogues ne renfermait qu'un bataillon miteux et périmé. Suppositoires à l'eucalyptus, aspirine, paracétamol, mêlés à des bouteilles de jus de pruneaux contre la constipation, ce qui avait l'air d'être le tracas numéro un des religieuses.

Heureusement, au milieu de ce garde-manger inoffensif, il y avait une réserve de nivaquine.

— Nous allons lui faire avaler ça, tenez. La boîte entière. L'œuf se décollera dans les douze heures.

— Vous en êtes sûr ? articula Astrid, qui perdait tout d'un coup possession d'un tas de choses : voix, salive, fair-play.

— Oui, la nivaquine est réputée pour ses propriétés abortives depuis longtemps. Il nous restera à trouver au moins un désinfectant.

Et sans un commentaire de plus, il retourna là-haut, seul, auprès d'Hélène. Hélène dont la bonne volonté était la clef de tout, ce qui bouleversait Costa bien plus qu'il n'aurait voulu le montrer.

Elle prit les cachets avec beaucoup de bonne grâce, des cachets dont elle ignorait le contenu : une interminable série de fausses hosties consommées avec quatre verres d'eau, sans aucun Christ enfermé à l'intérieur – le contraire d'une Nativité, en somme. Geste définitif qui tenait uniquement à l'aveuglement d'Hélène, à sa confiance, jusqu'à en avoir le hoquet après les quatre verres d'eau, et rien que pour cela Costa était impressionné, comme si dans le fond c'était lui qui risquait gros.

Il ne restait plus qu'à attendre. Un vague pronostic lui faisait situer vers minuit le moment où la jeune religieuse ressentirait les contractions. Le processus atteindrait son pic aux heures où tout le monde dormirait, ce qui tombait plutôt bien.

Un des soucis de Costa était d'éloigner Paul, de l'empêcher de se frotter à lui quand il montait les marches de briques pour rendre visite à sa patiente. Depuis qu'Hélène existait, voilà que Paul était de trop. Le problème était de l'empêcher de connaître ce qu'il n'avait pas à connaître.

Au début de la soirée, Costa transporta dans la cellule deux tréteaux et une planche, qu'il mit près du lit. Sur cette table de travail, il vissa ensuite une lampe de cent watts, sans se priver d'expliquer avec beaucoup de douceur son système à Hélène, afin d'en atténuer le côté barbare. Il avait obtenu simultanément une grande provision de coton ainsi qu'un bac à glace. Tout étant prêt, il posa la main sur le front d'Hélène, son front tondu où les premiers cheveux repoussaient, aussi piquants que des aiguilles ; ensuite, il donna sur son ventre des petites frappes répétées avec un doigt. Le ventre était si relâché que les organes répondaient présent un à un, l'estomac, les ovaires bondissaient gentiment au premier appel, aussi sincères que ses yeux, ses pupilles noires qui brillaient de plus en plus car une légère fièvre commençait à étourdir la jeune fille.

La suite, ce fut d'abord cette guerre des nerfs qui n'en finissait plus. Endormir les soupçons, être suffisamment loquace au dîner, traîner Paul dans le jardin, coopérer, fendre du bois avec lui au crépuscule, pendant que les sœurs se couchaient.

Il évitait de venir trop souvent aux nouvelles.

— Comment ça va ?

— Bien, très b…

Mais à la dernière syllabe, une grimace la défigura, ses reins firent un pont sur le matelas. Alors, il lui intima l'ordre de monter sur les tréteaux, de s'allonger en levant les genoux et de retrousser sa chemise de nuit. Avec l'affreuse lampe de soudeur, il l'examina si délicatement qu'elle dut à peine sentir la pénétration de ses doigts, mais il en conclut que l'affaire était loin d'être mûre, et, après réflexion, il pria Hélène de l'excuser s'il retournait dehors, s'il l'abandonnait encore un moment, dans cette position, sur cette table.

— Non, s'il vous plaît… J'ai peur, j'ai froid.

— Allons, il ne peut rien t'arriver, c'est promis. Je vais seulement finir de couper du bois.

– S'il vous plaît…

Et Costa quitta la cellule avec de terribles remords, descendit l'escalier quatre à quatre, et réinstaura son autorité sur le monde d'en bas. Il était en ébullition, et pourtant calme. Toutes les manettes de la réalité répondaient à ses exigences.

Une demi-heure plus tard, le couvent entier reposait et ronflait. Costa se précipita à nouveau dans la cellule d'Hélène, poussa la porte et vit immédiatement que l'heure avait sonné. Il la trouva arc-boutée sur la table, l'air d'un poisson qui cherche l'oxygène, lisse et luisant. La chemise de nuit étant bouchonnée au-dessus de ses seins, c'est à peine si ce désordre laissait encore affleurer le regard mouillé par la douleur mais rempli d'une obéissance infinie.

Costa contourna les tréteaux, attrapa au passage un amoncellement de coton afin d'éponger le sang brun qui coulait en abondance entre ses cuisses ouvertes.

– Bravo, tu as bien travaillé.

C'est alors qu'il crut entendre un frottement derrière la porte. Il préféra l'ignorer, car il avait mieux à faire au milieu de ce sang, mais surtout il devait exercer une pression continue sur l'abdomen de la jeune nonne, avec sa main, pour que l'expulsion soit complète. C'est à cela qu'il pensait lorsqu'il sentit le courant d'air glisser dans son dos comme un fouet. La porte était entrebâillée et Paul le regardait.

Le sursaut électrique de Costa devant cette intrusion fut si brutal, si horrifié, qu'il ne laissa à aucun des partenaires le temps d'envisager les conséquences. Sans lâcher le tas de coton, en lançant son pied en arrière il essaya de claquer la porte. Mais Paul opposait une résistance stupéfiante. Une seconde, leurs deux forces s'équilibrèrent de chaque côté du vantail. Jusqu'au moment où Paul perdit; jusqu'à son expulsion (car, là aussi, on peut parler d'une expulsion), le gamin lutta avec la dernière énergie, avant de s'avouer vaincu, avec un désespoir au moins égal à celui de ce fameux jour où, dans les rues de Bagnères, il avait couru derrière la voiture à la sortie du supermarché.

Il tomba d'un seul coup dans le couloir, avec une sourde plainte. Un acte se terminait.

Quant à Hélène, elle était sidérée de ce qu'elle avait vu. Cet enfant, ce cauchemar, cette tête qui avait essayé de rentrer, qui n'y était pas parvenue, qui réclamait quelque chose et le réclamait farouchement, ce gosse qui n'avait pas sa place, au moment même où dans ses entrailles elle éprouvait une sensation cuisante, une douleur suivie d'un grand vide.

13

Le milieu de la matinée, bientôt dix heures. Le déambulatoire était désert, les sœurs étaient à la messe. Il se leva avec une étrange mélancolie, trouva du café froid dans une cafetière en étain, en absorba deux tasses, debout dans la salle de lecture, avant de retourner voir Hélène.

— Tu vas te sentir toute courbaturée jusqu'à demain. Exactement comme si tu avais reçu une raclée. Mais, ensuite, tout ira bien.

— Et vous ?

— Moi, je vais faire un tour à pied dans la montagne et puis je m'en irai. Si je ne devais pas revoir les sœurs, tu les salueras à ma place, d'accord ?

Il caressa les cheveux de hérisson. Dans un coin de la cellule, par terre, était jeté le linge de la nuit, le paquet de coton sanglant. Costa retira sa main, n'entendit pas qu'elle lui disait merci, à deux reprises, ou plutôt fit semblant d'être sourd. En fait, il ne parvenait pas à remuer sa physionomie pour la rendre expressive, amicale ou simplement vivante ; comme si un écran d'eau glaciale dégringolait en permanence devant ses yeux.

Hélène se tourmentait.

– Vous penserez à moi ?

Il effleura encore une fois les joues rondes décolorées de fatigue, quitta à reculons la cellule.

Paul n'était nulle part. Derrière la chapelle haute, un bruit de ruche ronflait dans le soleil cuivré, venu du ravin bas. Costa se demandait qui récoltait le miel, si c'était les bonnes sœurs ou un habitant de quelque village reculé. Ayant trouvé un passage à travers un muret, il sauta et retomba dans les buissons de tamaris et d'églantiers, avant de se laisser rouler jusqu'au creux de la combe. De là, sur la crête opposée, il entrevoyait la route par laquelle il était arrivé le jour précédent, petite gerçure bleue au flanc du précipice.

En l'apercevant de si loin, il éprouva le sentiment qu'hier matin était une autre époque, bien différente. Hier matin, il n'imaginait pas que ces femmes l'accueilleraient comme l'envoyé du destin. Mais pourquoi était-il si amer, si nostalgique, alors qu'il n'avait fait qu'apporter son secours ? N'était-ce pas plutôt l'intuition qu'il allait payer cher ces heures nocturnes pendant lesquelles, sans pouvoir faire autrement, il avait semé des graines de vengeance derrière la porte ?

Une fraîcheur acide et musquée se répandait depuis le fond de la combe, comme l'âme volatile de toutes les bêtes étouffées dans de mortelles étreintes sous les taillis. Vingt minutes après, Costa atteignit la route. Ce long circuit n'avait servi à rien, car il ressentait toujours la même tristesse injustifiée, pleine de moiteur, collée en ventouse sur ses bronches.

Il revint lentement vers le couvent. Un rapace décrivait des cercles au-dessus de sa tête, l'oiseau paraissait inlassable, quelle volupté et quel repos ce devait être : les ailes en croix, planer et observer le sol des heures durant.

Mais ce fut sa dernière pensée agréable, avant les soucis. Il vit la voiture toujours à la même place, garée de biais face au portail, et tandis qu'il s'approchait pour en faire le tour, le bourdonnement d'un *Je vous salue Marie* se dilata vers tous les points de l'espace, recouvrant le bruit de ferraille de la portière et même le ressac ralenti du sang de Costa dans son vieux cœur. Il allait s'installer au volant lorsque le gamin surgit d'un recoin de mur et monta à son tour, mais sans daigner lever son œil.

Le gosse serrait dans sa main un bout de corde ramassé par terre. Costa releva ce détail. Mais il y avait une chose bien plus frappante : Paul s'était mis à l'arrière. Voilà qu'il reprenait sa place du début, son rôle animal. Alors, le moteur commença à ronfler et on n'entendit plus le *Je vous salue Marie*.

Au bout d'un mètre, même pas, Costa se rendit compte que les roues clopinaient traîtreusement. Elles allaient de travers, le volant s'échappait de ses mains. On a crevé, pensa-t-il, à peine surpris, et il répéta tout haut, en regardant le rétroviseur : « On a crevé. » Mais à l'instant où il prononçait ces paroles, une sorte de fouet jaune et flou comme les palpitations d'un papillon cingla l'espace devant ses yeux, et tout de suite après, il ressentit une douleur aiguë à la gorge.

C'était allé si vite que ces deux éléments eurent du mal à se rattraper l'un l'autre : le fouet qui passait et le cisaillement de la pomme d'Adam. Sa tête carillonnait sous l'effet de l'incompréhension, de la souffrance, puis l'explication arriva : il se souvint du morceau de corde que Paul avait ramassé par terre avant de sauter en voiture. Paul était derrière son dos en train de l'étrangler. Quand cette évidence le frappa, il ressentait déjà les premières nausées de l'évanouissement. La corde au cou, sans la moindre étincelle de protestation… Car Costa ne se battait plus, ses muscles restaient flasques, il en était désolé et c'est ce qu'il chercha à dire au rétroviseur, en guise de dernier message. Qu'il s'excusait de démissionner si vite… Dans le rétro, la tête de Paul était auréolée d'un cercle de petites taches éblouissantes ; la tête de Paul brillait, des

gouttes de sueur transpiraient jusque dans le fond de
son œil.

Tout à coup firent irruption, en rang serré, les
silhouettes des enfants du marché de Bagnères-de-
Bigorre. Un par un, ils recommencèrent leur tour
de piste devant lui, shorts kaki, genoux croûteux et
musique militaire. Le caractère inattendu de ce souvenir, c'est qu'il s'accompagnait pour la première
fois d'une indignation. Le marché aux enfants devenait
enfin une des péripéties les plus scandaleuses de son
existence.

Au fond du rétro, l'œil de Paul transpirait à grosses
gouttes. Mais Costa ne le regardait plus, ses forces
l'abandonnaient.

Sans transition, un rêve qu'il avait fait récemment
se mit à flamber dans son cœur. Sous une splendide
lumière automnale, ses trois fils équipés chacun d'un
grand râteau accumulaient des tas de feuilles mortes
dans un parc romantique. C'était pour lui une vision
bouleversante, ses trois garçons remplis d'ardeur sous
cette clarté dorée, dans ce jardin.

Et il plongea dans le coma.

Il s'y précipita d'une traite, sûr d'avoir pris la bonne
direction. Vers un pays de brume et de soif, de thym,
de silex et d'épines.

A moins de songer que la mort aurait été son
joker, la dernière carte disponible entre ses mains pour

humaniser Paul, une chance sur un million, et encore.

Il reprit connaissance à contrecœur, mâcha sa salive en grognant et eut l'impression que des doigts timides et griffus lui caressaient le cou.

– Pardon… Pardon…

– Qu'est-ce que tu dis ?

Aucune réponse, il devait avoir rêvé. Les mains coureuses se déplaçaient à toute vitesse sur sa gorge.

– Pardon…

Un chevrotement cristallin, une voix toute neuve qui n'avait jamais vu la lumière, qui faisait penser à ces roses de calcaire qu'on découvre au fond des grottes pétrifiantes.

– Je m'appelle Olivier…

14

Faible et tranquille, Costa était couché sur le talus au soleil. De temps en temps, le gamin traversait la route pour venir se jeter sur lui, l'embrasser sauvagement.

Costa fermait alors les paupières, n'ayant le courage ni de s'opposer ni de donner son approbation à ce bouleversement imprévu. Il sentait les doigts courir sur sa peau tuméfiée, se contentait de laisser agir ces petits animaux angoissés, à l'endroit où la corde avait labouré une ligne bleue.

– Retourne travailler, disait Costa quand il pliait sous les assauts. Tout à l'heure, je me lèverai, j'irai changer cette roue.

– Non… Bouge pas… Reste. C'est moi…

– D'accord, fais ce que tu peux.

Et Costa était demeuré vautré sur l'herbe un moment de plus, tandis que le gamin s'emparait du cric et de la manivelle, dégageait la roue de secours tout seul, une roue qui tomba du hayon dans un nuage de poussière. Il la reçut sur le pied en grimaçant, elle était bien trop énorme pour lui.

— Je vais venir t'aider, répéta Costa.

— C'est moi… C'est moi…

L'enfant s'était mis torse nu, de grosses chenilles de cambouis noir s'étalaient à présent sur sa peau biscuitée. Au dernier tour de manivelle, complètement en nage, il retourna se jeter dans le cou de Costa, qui vacillait un peu en arrière mais ne faisait rien pour le repousser.

La roue était vissée et ils quittèrent finalement les parages du couvent. Par une coïncidence assez bizarre, dans le rétro, Costa crut voir jaillir à ce moment précis la petite nonne miniature qui les avait reçus de façon si hostile la veille. Avec son seau et son balai dans les mains, elle contemplait, ébahie, leur départ.

Les roues tournaient, c'était un peu comme une bande-son qui se remet en marche. Paul ne s'appelait plus Paul mais Olivier. En cessant d'être Paul, il avait changé de nature et était tombé en adoration. Olivier ne désirait rien tant que de réparer les fautes de Paul. Toute la journée il multiplia les coups de museau sous l'aisselle de Costa, on aurait dit un veau qui se trompe de tétine, et Costa conduisait d'une seule main, obligé de repousser un peu le taurillon pour changer les vitesses.

– On va où maintenant, hein ? Redis-moi le nom que tu m'as dit tout à l'heure.

Un gémissement bougeait dans sa chemise.

– C'est La Pallice, le nom que tu m'as dit ? Sors ton nez de là-dessous. C'est quoi, le nom que tu as dit ?

– C'est ça.

– C'est La Pallice ? Bon, on va essayer d'y aller tant qu'il nous reste de l'essence. Possible que des La Pallice, il y en ait plusieurs sur cette terre. Celui que je connais, moi, est à côté de La Rochelle.

Repartir à présent vers l'ouest, pourquoi pas ? Traverser à nouveau la moitié du pays en diagonale, cela le faisait même sourire.

– A La Rochelle, je t'achèterai des baskets neuves.

Mais ils en étaient loin. Jusqu'à midi, ils traînèrent dans les solitudes oubliées des monts d'Aubrac, la monotonie des bruyères en fleur. La population de ces contrées avoisinait le zéro absolu. Soudain, le gamin grogna en appuyant l'index sur le pare-brise. Il avait discerné quelque chose, une longue enfilade de véhicules, un cortège ou un convoi ; mais un cortège immobile, pour la bonne raison que la voiture de tête était couchée dans le fossé.

Puis un certain nombre de silhouettes masculines apparurent, portant des chapeaux, et on notait que, bien loin de retrousser leurs manches, ces hommes buvaient et bavardaient au milieu de la route.

Des Gitans, pensa Costa, un mariage à ce qu'il semblait, tandis qu'Olivier continuait à geindre tout bas, sur un ton d'impatience, d'inquiétude ou d'animosité.

La route était bloquée. Ce cortège de noce perdu dans le néant, avec sa voiture accidentée, c'était comme une balise allumée à un endroit précis de l'échelle humaine, ça méritait que l'on s'arrête, se disait Costa, qu'on y dépose un peu de soi, de la sueur ou des fleurs, pour affirmer qu'on avait vu briller le signe, reconnu le message.

Ayant mis pied à terre, Costa fut bientôt encerclé par une délégation des chefs de famille. Ils portaient des costumes noirs à pattes larges, de grosses moustaches bien ratissées et s'étaient renversé une parfumerie entière sur le crâne. Tout autour s'étendait le désert minéral. Un troupeau de jeunes filles joufflues, robes camaïeu, cueillait des fleurs de chardon ou courait après les lézards.

Olivier restait barricadé dans la voiture dont il avait remonté les vitres.

On donna un verre de vin à Costa, il le leva à la ronde, au nord et au sud, en remerciant et demandant la permission d'aller saluer la mariée, d'une voix assez forte, par-dessus les crépitements de la sono. Pour être franc, il se moquait pas mal de la mariée, mais il avait senti la nécessité de commencer par là avant d'entretenir la moindre espérance de voir la route se dégager. De fait, les chefs de famille semblèrent contents de l'entendre, et c'est une véritable escorte parfumée qui le conduisit jusqu'à un rocher creux.

Première surprise, la mariée était blonde. Encore mieux, elle possédait une sœur jumelle qui lui était identique ; les deux diaphanes créatures se morfondaient sur un tas de coussins, épaule contre épaule, incroyablement pareilles avec leurs pommettes mouchetées et leurs yeux transparents qui sortaient à peine de l'adolescence. Elles étaient belles et étrangères à tout, elles étaient blondes et refusaient de se quitter, comme si ce jour n'allait rien y changer, n'était pas un grand jour pour l'une et un moins grand pour l'autre.

Costa les regardait, la musique lui cassait les oreilles. Elles le regardaient aussi, mais d'une façon délibérément gênante. Il finit par en conclure qu'elles attendaient un cadeau, tira de ses poches le médaillon et la chaînette volés par Olivier sur le mur du séjour des Lemozy. Il balança quelques instants cette petite épave de la honte sur ses doigts, avant de la lancer aux jumelles, qui s'en emparèrent avec des rires avides.

Costa désirait maintenant s'en aller. Cette bagnole dans le fossé lui tapait sur le système. Il pénétra jusqu'à mi-corps dans le repli de terre. Même les petits manouches s'étaient tus, et les hommes également.

mais pour d'autres raisons. Portée par ses bras en équerre, l'aïeule de ferraille émergea peu à peu de son trou et reprit place tout doucement au milieu de la chaussée.

Alors seulement, il lâcha un soupir. Cette innocente démonstration avait attiré les regards beaucoup plus qu'il ne le souhaitait. Olivier se pressait contre lui avec une admiration jalouse, pendant qu'ils repartaient entre deux haies de moustaches blêmes.

En fin d'après-midi, ils étaient devant les remparts de La Rochelle. Voulant savoir si, oui ou non, le gamin reconnaissait le coin, Costa le questionna tandis qu'il enfilait ses gros pieds dans des baskets neuves.

— J'crois qu'oui. P't'êt' bien.

— C'est pas une réponse : p't'êt' bien. On est à un jet de pierre de chez toi. Serait temps que tu sois sûr.

— J'suis sûr.

Une rocade à quatre voies conduisait au port de La Pallice. Dans le ciel où les moucherons faisaient un bruit de friture, se profila la silhouette échassière des premières grues. Au bout d'un moment, Costa demanda s'il fallait tourner. Olivier répondit par un signe et ils tournèrent. Les insectes éclataient en rafale sur la vitre. Olivier respirait très vite, il dévissait son cou dans toutes les directions. Une deuxième fois, Costa demanda s'il fallait prendre à gauche.

— J'crois qu'oui, fit le gamin.

Puis il éclata en sanglots. Il enfermait son œil sous
ses poings.

— J'reconnais rien… Même pas un tout p'tit peu…
J'ai jamais habité par ici.

— Bon dieu, tu pouvais pas le dire avant?

Leur aventure quotidienne se termina dans cette
absurdité. Olivier pleurait en sourdine. Ils dînèrent
simplement d'une boîte de tomates partagée en deux,
avec du pain, tout en continuant de rouler vers le nord
à la recherche d'une plage pour la nuit.

Un soir, très tard, dans la période où les orages
grondaient au-dessus d'eux, Costa téléphona à Violette. L'envie de parler à sa mère l'avait réveillé en lui
serrant la gorge. Ils dormaient au fond d'une grange à
paille dans un tranquille hameau de Touraine qui se
nommait Sainte-Catherine-de-Fierbois. Bizarrement
angoissé, Costa sortit de son trou, erra dans les ténèbres
et finit par rencontrer une cabine sous un châtaignier.
Le Plexiglas était couvert de crottes d'oiseaux, de cha-
tons et de feuilles.

Il fit les dix chiffres. Presque aussitôt, à peine le
temps de la sonnerie, un murmure de stupeur chanta
dans ses veines, une horrible nostalgie.

— Constantin, par la grâce du ciel, veux-tu me dire
quelle bêtise tu fabriques?

Était-ce l'heure tardive, le poids des jours passés, la voix de Violette lui semblait différente, creusée par la fatigue. Effectivement, elle rentrait du travail, à minuit (une fausse couche, sur une Malgache), mais elle se contenta de dire avec une noble simplicité : « Je me lavais les mains. »

Voilà pourquoi il n'y a eu qu'une seule sonnerie, pensa-t-il. Elle était à côté, les mains mouillées.

– Il est temps de rentrer, Constantin. Ils sont tous à te courir après. Hier encore, j'ai reçu un gros bouquet de roses blanches, très odorantes, je suppose qu'elles viennent de ton ami Garrigue. Il ne me lâche plus, celui-là. C'est un bon garçon…

– Ce n'est pas un bon garçon.

– Peut-être. En tout cas, il a toujours été débrouillard. Tu n'étais pas débrouillard, toi, tu l'es devenu après.

– Que me veut Garrigue ?

– Est-ce que je sais ? De toute façon, il n'aura rien, même contre une remorque de roses. J'ai besoin que tu reviennes, Constantin, j'ai deux nouveau-nés en hypotonie musculaire. Deux petits qui n'ont pas la force d'aspirer le lait.

Étranglé par quelque chose d'obscur, Costa tourna la tête et aperçut, à travers sa vue qui se brouillait, le gamin venu l'attendre, patiemment assis sur un muret de pierres.

— Tu sais ce que cela signifie, des petits qui ne tètent pas ?

Le lendemain, ils terminèrent de brûler l'essence jusqu'à Paris. Les décors se succédaient en accéléré – une mer jaune, à perte de vue, une mer poussiéreuse, ondulante, magnifique, un délire de platitude et de reflets dorés jusqu'à l'horizon, c'était la Beauce. Puis le ciel devint noir et on entendait rouler la grosse brouette de l'orage ; un rapide lambeau de vent, lourd et huileux, chahutait les champs de blé des deux côtés de l'autoroute.

Une heure après, Costa disait bonjour à Violette, sous les trombes d'eau, depuis une cabine de la porte d'Orléans.

15

La Seine était en crue. Ce n'était ni original ni appétissant, c'était un spectacle toujours aussi monstrueux, un mélange de mythe éternel et de fosse à purin bouchée.

Une épaisse boue jaune filait en tourbillonnant sous les échauguettes de la Conciergerie, au pied du Louvre, entre les piles du Pont Neuf. Le quai des coiffeurs était submergé. Un soir, un des derniers soirs de juillet, Johann Maubert, l'aveugle qui avait raccourci les cheveux de Costa, descendit les marches gluantes vers le fleuve, et, dans ses ténèbres intérieures, il sentit monter le niveau du cloaque.

La Seine était grosse ; elle était enceinte. Un phénomène que ne pouvaient pas contempler les yeux morts de Johann Maubert, mais il devinait la présence des ragondins qui lui frôlaient les jambes, galvanisés, en s'enfuyant dans toutes les directions.

Un mois s'était écoulé depuis que l'aveugle aux mains géniales avait rendu Costa digne de se présenter à l'Hôtel de Ville. Les professionnels du ciseau et du rasoir émigrèrent à la recherche d'un lieu sec, pendant un moment plus personne ne vit flotter sur la Seine les paquets de cheveux, ni les gros flocons de mousse à raser qui attiraient la faune aquatique. Les coiffeurs se croisaient les bras, s'interrogeaient. Dans leur exode, ils étaient conduits par celui qui avait toujours été, sinon leur chef, en tout cas leur stratège, un colosse à moitié chauve, garni de quelques rares poils roux, et dont l'unique instrument de travail était un bâton – ce bâton qu'il enfonçait d'un coup léger dans le ventre ou les côtes des sans-abri endormis sur la berge.

Et eux aussi, les sans-abri s'en allèrent, mais il est bien possible qu'en fin de compte ils regrettaient le rouquin, ils regrettaient son bâton qui les faisait sauter en l'air : car cet homme, William Lécuyer, avait malgré tout une réputation de calme et de justice.

Le cortège des coiffeurs réapparut après deux journées de pluies torrentielles et tenta de s'installer sur l'île de la Cité, espérant occuper la pointe de l'île, le square du Vert-Galant. Mais les vagues éclataient de tous les côtés comme des fruits nauséabonds, les rats musqués couraient sur la terre ferme jusqu'à la statue d'Henri IV. L'homme au bâton jeta finalement son dévolu sur la place Dauphine.

Longtemps après la fin de ces désagréments, un clair matin de la mi-août, William Lécuyer eut l'heureuse surprise de voir revenir Costa qui, sans donner de détails, lui remit un gamin en lui demandant de s'en occuper une heure ou deux. Le rouquin laissa traîner un regard distrait sur l'espèce de Mowgli à chevelure de fille dissimulé derrière les jambes de Costa ; il n'en pensait ni bien ni mal. En revanche, les transformations survenues chez Costa par comparaison avec des souvenirs récents le frappaient : plus détendu, moins automate, les joues moins grises.

S'étant débarrassé d'Olivier pour un temps, Costa reprit la direction du Pont Neuf encore une fois. A longues foulées rapides et lourdes, on le vit traverser le quai d'en face, s'engager dans la petite rue des Lavandières-Sainte-Opportune, avant de tourner à droite dans l'avenue Victoria. C'est ainsi qu'il déboucha devant l'Hôtel de Ville.

Souvent, on accumule par anticipation de vastes quantités de courage qui ne sont utiles à rien le moment venu. Le bureau des adoptions de la mairie s'annonçait comme une montagne redoutable, un capharnaüm, mais, contre toute attente, il rafla les papiers à remplir en cinq minutes. Le fait est que Costa regagna la place Dauphine bien plus tôt que prévu, les documents de l'adoption roulés dans sa poche. Tout semblait se dérouler sous de si bons auspices, la température était si agréable – toutefois son vieux cœur éprouvait par instants des mordillements si sournois, si bizarres – qu'il décida de respirer le mieux possible en flânant le long des coiffeurs.

Du reste, Olivier n'était pas encore prêt ; la paire de ciseaux étincelante comme un papillon de fer butinait le pourtour de ses oreilles. Intrigué, Costa se rapprocha de quelques mètres. A travers une éclaircie de la cohue, il devinait de loin un dos de femme, un certain balancement qui accompagnait des gestes d'une touchante maladresse. Une femme, à cet endroit ! Le peigne faisait tomber une mèche et, aussitôt, un baiser rapide et doux se posait par-dessus. Une autre mèche tomba, un autre baiser la recouvrit. Costa ne connaissait pas cette silhouette vive, ni ce teint d'abricot, ne croyait pas l'avoir jamais rencontrée, jusqu'au moment où Thelma se tourna vers lui, et il identifia la jeune prostituée de Bagnères-de-Bigorre avec laquelle il avait eu des mots violents, le jour précédant le marché. Que faisait-elle à Paris ? Cette question dans son esprit fut instantanément chassée par une autre, qui ne recevait pas de réponse non plus : pourquoi s'était-elle mise en colère et avait-elle refusé *in extremis* d'entrer dans la chambre avec lui ? Il traversa la foule qui s'écartait avec une sorte d'attendrissement perplexe et grave. Thelma voulut se remettre aux ciseaux, sûre maintenant d'être regardée. La pointe des ciseaux piqua légèrement la nuque du gamin, mais au lieu de se plaindre, Olivier eut un petit sanglot joyeux, comme un glapissement d'adoration. Et, désormais, les doigts de Thelma tremblaient trop pour lui permettre de poursuivre. Elle dit tout bas qu'elle s'était mise en colère, à Bagnères-de-Bigorre, parce qu'il lui avait demandé une chose spéciale qui lui avait fait peur, qu'elle n'avait jamais entendue avant. Et Costa essayait de retrouver ce qu'il avait bien pu réclamer. Elle dit encore : « Vous ne vous en souvenez plus ? Vous vouliez qu'on dorme côte à côte ! » Un mince sourire brumeux perçait à travers ses prunelles en fente de chatte qui allaite. Elle ajouta d'un ton de repentir : « Je n'avais pas compris. » Elle avait une voix nasale et tiède qui l'ébranlait dans des profondeurs imprévues, qui lui donnait la sensation que le manteau usé du deuil qu'il portait, la vieille houppelande couleur de sang desséché, glissait de lui et coulait jusqu'à terre. Il se grattait le coude, balbutiait des excuses inaudibles et parlait déjà de s'en aller, mais sans faire un seul mouvement, parce que c'était la plus grande des tentations, pour un homme comme lui, de déposer dans une main légère son monstrueux fardeau.

Il existe une photographie prise en plein air ce jour-là, au milieu des coiffeurs de la place Dauphine.

Sur l'instantané, Thelma rit aux éclats. La jeune

prostituée de Bagnères-de-Bigorre, avec son visage ovale et puéril, son teint chaud d'abricot, apparaît comme l'expression rayonnante de la vie dans un de ses sommets.

Mais bien plus étrange est la physionomie de Costa, un air que ses proches ne lui ont jamais vu. Pareil à l'eau d'un lac très profond, d'un violet crépusculaire, riche et mouvante, à travers laquelle trois anges qui furent ses fils passent en se tenant la main.

Et quant au gamin… Par malchance, sur la photo, Olivier ferme un œil, ce qui revient à dire qu'il ferme les deux.

On aperçoit aussi une forme brune, en bas à droite. Probablement un ragondin qui galope entre leurs pieds, aussi flou qu'une signature.

RÉALISATION : PAO ÉDITIONS DU SEUIL
S.N. FIRMIN-DIDOT AU MESNIL-SUR-L'ESTRÉE
DÉPÔT LÉGAL : AVRIL 2002. N° 54287 (59027)